Coleção Jabuti

Editora Saraiva

Memórias mal-assombradas de um fantasma canhoto

Luiz Antonio Aguiar

Apreciando a Leitura

Bate-papo inicial

Anjão, Prisca, Manouk e Deco são os Achudos: jovens *nerds* cheios de opinião sobre tudo, curiosos por descobrir sempre mais. Um dia, no intuito de desvendar se assombração é ou não coisa deste universo, os quatro decidem invadir um casarão abandonado, onde têm o desprazer de conhecer Sir Simon de Canterville, um famoso fantasma da literatura que vai ensinar-lhes muito sobre o terror...

Analisando o texto

1. A narrativa consiste em uma aventura de uma turma de amigos chamada de Achudos. Por que a turma recebeu esse apelido?

R.: ____________________________________

____

____

____

2. Os Achudos resolvem invadir o Casarão Ótis motivados por interesses diversos. Quem tem a ideia e qual o interesse de cada um dos Achudos nessa aventura?

R.: ____________________________________

____

3. Em certo momento da narrativa, Sir Simon de Canterville afirma: "O Hades. Cada qual tem seu Hades" (p. 62).

a) O que era o Hades na mitologia grega? Por que causava medo?

R.: ____________________

b) O que o fantasma quer dizer com "cada qual tem o seu Hades"?

R.: ____________________

4. Para aterrorizar cada um dos Achudos na cripta, Sir Simon os faz vivenciar seus terrores mais profundos.

a) Qual era o maior medo de cada Achudo?

R.: ____________________

7. Dá-se o nome de **intertextualidade** ao diálogo existente entre textos, isto é, ao fato de um texto fazer referência a outro ou retomar elementos ou temas de outras obras, de forma implícita ou explícita. Neste livro, qual é a relação intertextual explícita em que se baseia o enredo, retomada ao longo de toda a narrativa?

R.: ____

____

____

____

8. Chamamos de metalinguístico o texto que faz referência à sua própria linguagem. Esta obra de Luiz Antonio Aguiar é uma narrativa metalinguística? Por quê?

R.: ____

____

____

____

9. Em *Memórias mal-assombradas de um fantasma canhoto*, há duas vozes narrativas: narrador onisciente em 3ª pessoa, que apresenta o enredo geral da narrativa, e narrador em 1ª pessoa, Sir Simon de Canterville, que fala com os Achudos. Explique o efeito causado na história por essa alternância de vozes narrativas.

R.: ____

____

____

____

____

Refletindo

10. No capítulo 3, na troca de mensagens entre os Achudos, Prisca menciona que seus pais estão "num daqueles períodos de conflito armado" e que ela não queria ficar "nesse fogo cruzado" (p. 22). Manouk, que é filha de pais separados e passou por situações semelhantes, dispõe-se a ajudar a amiga. Em grupos, conversem a respeito dessa passagem. Provavelmente, alguns de vocês já passaram por uma situação assim. Como ficam os filhos quando o casamento dos pais está em conflito ou terminando? Como os pais devem agir com os filhos nessa ocasião? E os filhos? A melhor coisa a fazer é se afastar (como Prisca deseja) ou ficar ao lado dos pais?

11. Ao falar sobre o terror, ou seja, sobre o sentimento de medo que seria inerente a todo ser humano, Sir Simon sugere que as narrativas de terror nos obrigam a encarar o "nosso Hades", ou seja, nossos medos mais profundos. Você concorda que as histórias de terror nos ajudam a lidar com aquilo que mais tememos? E que nos proporcionam algum alívio em relação a nossos medos? Debata com seus colegas, principalmente com aqueles que gostam de narrativas de terror, perguntando-lhes o que os atrai nesse tipo de história.

12. Falando sobre a presença de monstros nas narrativas de terror, no capítulo 10, Sir Simon afirma que há dois tipos: os que nascem monstros e os que se tornam monstruosos. De acordo com o fantasma, esse segundo tipo seria ainda mais interessante, pois faria o leitor pensar que qualquer um, inclusive ele próprio, poderia se tornar um monstro. Pensando nisso, converse com os colegas: Qual é o propósito da figura do monstro na literatura de terror? De que modo a literatura de terror pode ser representativa da vida cotidiana? Resuma seus argumentos em um texto de opinião.

Pesquisando

13. No capítulo 10, Sir Simon cita dois escritores americanos muito importantes no gênero narrativa de terror: Edgar Allan Poe (1809-1849) e o contemporâneo Stephen King (1947-). Faça uma pesquisa sobre os contos de Poe e sua importância para a literatura de terror nos Estados Unidos. Poe conseguiu publicar sua obra enquanto era vivo? Se sim, como foi a recepção a seus contos? Havia muitos escritores do gênero nessa época? Depois, pesquise a obra de Stephen King, autor da literatura de terror contemporânea. Em seguida, discutam em grupo: é possível reconhecer influências de Poe na obra de Stephen King? Exponham suas conclusões para os colegas.

14. No segundo capítulo da narrativa, Anjão faz referência a seu avô, Elias Malê, que participara da Revolta dos Malês, uma revolta de escravos ocorrida em Salvador em meados do século XIX. Em grupo, pesquisem em livros e *sites* sobre esse acontecimento histórico e escrevam um breve resumo sobre o episódio.

■ Redigindo

15. Escolha uma obra da literatura de terror e leia-a. Imagine que Sir Simon de Canterville vai apresentar essa obra aos Achudos. Para isso, escreva um breve texto narrativo, como se o fantasma estivesse contando a história em 1ª pessoa ao grupo.

16. Narrativa de terror mundialmente famosa, *Frankenstein*, de Mary Shelley, não apresenta uma pessoa morta que se comunica com as vivas, mas coloca como "monstro" uma criatura formada de pedaços de cadáveres, a qual ganhou vida por um processo "científico", ou seja, a transmissão de impulso elétrico à matéria morta. Originalmente, o livro foi publicado com o subtítulo "O Prometeu moderno". Em grupo, façam uma pesquisa sobre quem foi Prometeu na mitologia e redijam um texto argumentativo sobre por que acham que esse "monstro" e sua narrativa tiveram tamanho impacto e por que, na opinião de vocês, a autora escolheu esse subtítulo para o livro.

5. A descrição do espaço é um elemento estrutural muito importante nas histórias de terror.

a) Que efeito ela produz no leitor?

R.: ____

____

b) Que elementos o autor usou nesse trecho para obter tal efeito?

R.: ____

____

____

____

6. Um dos recursos de linguagem utilizados pelo autor são as figuras de linguagem, que tornam o texto ainda mais literário.

a) Identifique no trecho uma prosopopeia ou personificação.

R.: ____

____

b) Identifique no trecho uma símile ou comparação.

R.: ____

____

c) Explique como essas figuras de linguagem contribuem para o efeito descritivo citado na questão 5.

R.: ____

____

____

____

____

____

____

b) Inicialmente, Anjão não se deixa tomar pelo sentimento de terror. Por quê?

R.: ______________________________

____

____

____

c) A reação de Anjão se relaciona a um critério citado por Sir Simon no capítulo 15. Explique-o com base no acontecimento indicado no item b.

R.: ______________________________

____

____

____

____

____

Linguagem

Para resolver as questões 5 e 6, releia a descrição do Casarão Ótis:

O Casarão Ótis ficava encravado na pedra do morro que envolvia o bairro. À sua volta, havia um imenso terreno, que deveria ter sido um jardim, muitos anos atrás, mas que estava tão abandonado que o mato crescera, engolindo os canteiros e as aleias, enquanto as árvores ganharam trepadeiras que despencavam como se fossem cabeleiras desgrenhadas, escondendo a fachada da casa.

[...] Alguns diziam mesmo que tinha uma aparência perturbadora. Fazia mais de noventa anos – desde que o Sr. Ótis morrera – que estava desabitada.

De fato, como a casa fora construída por detrás daqueles muros – a primeira coisa a ser levantada –, pouca gente poderia dizer que já a tinha visto, mesmo quando ainda era recente. Rumores muito antigos contavam que se assemelhava a um pequeno castelo europeu, com [...] torres cilíndricas e terraço repleto de ameias pontudas e estátuas – gárgulas – que mais pareciam monstros, empoleirados nas bordas, espiando imóveis lá para baixo. [...] Falava-se de uma biblioteca, bela e sombria, num estilo muito particular. (p. 13-14)

■ Trabalho interdisciplinar

17. Com o auxílio dos professores de História, Artes e Ciências, façam uma pesquisa e organizem uma apresentação sobre a figura do vampiro – ou seja, sobre seres do "mundo dos mortos" e sua comunicação com os vivos – ao longo da história e na cultura de diversos povos. Cada grupo ficará responsável por investigar um tema ou período. Alguns pontos que podem ser abordados: a origem da palavra, os precursores dos vampiros em culturas antigas (Grécia, Roma, Índia, povos americanos e africanos), o folclore sobre vampiros na Idade Média e na Idade Moderna, crenças sobre sua identificação (originadas com base em explicações sobre a morte, a decomposição dos corpos e a origem de algumas doenças, como a tuberculose e a raiva, antes do advento da ciência), evidências arqueológicas e representações iconográficas (objetos e armas contra vampiros). Com as informações encontradas, cada grupo montará uma apresentação para a classe.

Para qualquer comunicação sobre a obra, entre em contato:

SAC | 0800-0117875
De 2ª a 6ª, das 8h30 às 19h30
www.editorasaraiva.com.br/contato

Escola: ______________________________

Nome: ______________________________

Ano: ________________ Número: ____________

LUIZ ANTONIO AGUIAR

MEMÓRIAS MAL-ASSOMBRADAS DE UM FANTASMA CANHOTO

ilustrações
GUTO LINS

Coleção Jabuti

Conforme a nova ortografia

1ª edição

2ª tiragem

2015

Editora Saraiva

Gerente editorial: ROGÉRIO CARLOS GASTALDO DE OLIVEIRA
Editora: KANDY SGARBI SARAIVA
Coordenação editorial: TODOTIPO EDITORIAL
Assistente editorial e preparação de texto: ISADORA PROSPERO
Auxiliares de serviços editoriais: FLÁVIA ZAMBON e LAURA VECCHIOLI
Estagiária: GABRIELA DAMICO ZARANTONELLO
Suplemento de atividades: LIA D'ASSIS
Coordenação de revisão: PEDRO CUNHA JR. e LILIAN SEMENICHIN
Revisão: DANIELLE MODESTO
Produtor gráfico: ROGÉRIO STRELCIUC
Gerente de arte: NAIR DE MEDEIROS BARBOSA
Projeto gráfico: ADRIANA LINS e GUTO LINS / MANIFESTO DESIGN
Capa e ilustrações: GUTO LINS
Impressão e acabamento: YANGRAF GRÁFICA E EDITORA

CIP-Brasil. Catalogação na publicação
Sindicato Nacional dos Editores de Livros (RJ)

A23m
Aguiar, Luiz Antonio, 1955-
Memórias mal-assombradas de um fantasma canhoto / Luiz Antonio Aguiar ; ilustração Guto Lins. - 1. ed. - São Paulo : Saraiva, 2013.
96 p. : il. ; 21 cm. (Coleção Jabuti)

ISBN 978-85-02-20465-2
ISBN 978-85-02-20519-2 (professor)

1. Conto infantojuvenil brasileiro. I. Lins, Guto, 1961-. II. Título. III. Série.

13-03719 CDD: 028.5
CDU: 087.5

Editora Saraiva

Rua Henrique Schaumann, 270 — Pinheiros
CEP 05413-010 — São Paulo — SP

SAC
0800-0117875
De 2ª a 6ª, das 8h30 às 19h30
www.editorasaraiva.com.br/contato

202879.001.002

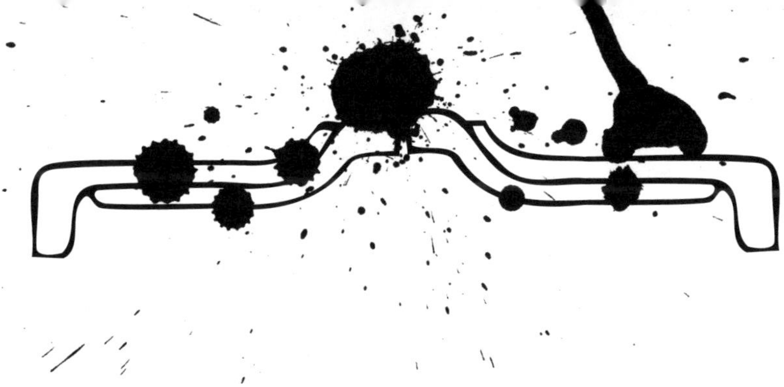

Buuu

uuuu!

Ora, vamos, quem vai se assustar com uma besteira dessas?

No entanto, a tradição manda que os fantasmas, ao aplicarem seus sustos, surjam, bem junto da vítima, com este misto de berro e gemido: "Buuuu!".

E essa tradição é tão difundida quanto começar certo tipo de história com o "Era uma vez".

Se a tradição conta? Evidentemente. Pelo menos quando se vai ler uma história. É a tradição que nos diz onde estamos nos metendo.

O "Buuuu!" é fundamental. É o símbolo do susto bem-sucedido e do medo que uma história pode provocar.

Ora, viventes, o que posso lhes dizer?

Sou célebre!

Entre os fantasmas, talvez seja eu o mais famoso.

Foi em 1584 que fui forçado a deixar seu mundo.

Assassinado.

Portanto, nestes últimos quatrocentos e tantos anos, tenho visto todos os tipos de monstruosidade e assombração. Conheço muitos de seus segredos. Talvez eu os revele a vocês... Se são apropriadas as histórias que existem nos seus livros sobre essas criaturas? Ora, considero parte delas bem boazinhas. Eu próprio, com algumas, me diverti; e com outras senti até mesmo calafrios.

Calafrios, por assim dizer, naturalmente, pois essa é uma reação interditada aos que já não possuem sangue quente.

Li inúmeras dessas obras para suportar o ócio das horas mortas, e isso graças à sorte de um dos meus ambientes prediletos — para mal-assombrar, quero dizer — serem as bibliotecas.

Principalmente aquelas com escassa iluminação, paredes forradas de madeira escura e estantes até o teto. Estilo lúgubre-austero.

E sobre as histórias, posso, com efeito, comentá-las, assim como os truques de que se valem para devassar o indevassável do espírito humano. E aqui, ressalto, me refiro ao humano vivente.

Assim, até pelo meu distanciamento, posso ilustrar esses recursos usados para escrever sobre o invisualizável. Que o tornam imaginável a alguém... como vocês.

Ah, a arte do terror! De semear aquilo que o leitor imaginará ao pensar ver algo se mexendo na penumbra. E os pesadelos que o farão acordar, à noite, em pânico, pressentindo qualquer coisa gélida, quiçá descarnada, roçando seus pés!

Grande Literatura!

E histórias imortais.

Algumas mortas-vivas, se me permitem o trocadilho.

Ora, por que uma assombração não poderia ter momentos de bom humor?! Sim, sim, este fantasma tem muito o que contar em suas memórias. Se vão apreciar? Bem, o que posso dizer é que minhas histórias não são deste mundo, se é que me entendem! Por isso mesmo, creio que sejam interessantíssimas!

Vamos a elas!

Sir Simon de Canterville

na conversa que teve com os Achudos.

{01} UNIVERSOS PARALELOS

- Muito fácil!

- Só se for para você, Anjão! - reclamou Manouk. - Tá pensando que todo mundo é geninho em ciências?

- Você quer dizer *nerd* - replicou Leo, a Leonora. A garota estava irritada. - Ele deve achar mesmo que todo mundo é *nerd* que nem ele... que nem vocês, aliás. Não é à toa que o pessoal chama vocês de Achudos. Vocês se acham o máximo!

- Mas que agressão, Leo! - reclamou Manouk. - Tá de mal com a vida hoje, é?

Já o Anjão não conseguiu dizer coisa nenhuma. O rosto dele, de negro ficou quase roxo de raiva.

Manouk e Anjão detestavam esse apelido. Mas, toda hora que alguém via eles dois, mais o Deco e a Prisca, juntos - e os quatro adoravam bater papo -, implicava: "Ei, Achudos! Qual é a doideira que estão aprontando agora, hem?".

- Escuta só, burralda! - disse enfim Anjão. - E vê se entende. É fácil, sim, se você usar os miolos.

Manouk se arrepiou toda. O amigo agora estava mesmo falando que nem um "Achudo"... "Mas a Leo é mesmo dura de engolir...", lastimou a garota.

- Nada no universo é... tudo pode ser. São possibilidades! - explicou Anjão a uma Leo que fazia uma careta impaciente. - Isso é ciência. Tá em uma porção de livros. Por exemplo, a quantidade de massa e energia escura no espaço...

- Massa e energia escura? - riu Leo.

- É... Tá nos livros. Essa coisa que tô tentando explicar se chama Teoria dos Muitos Mundos! É o seguinte: tem coisas que os cientistas calculam, medem, e encontram várias possibilidades. Não um resultado, mas possibilidades. Sabe por quê? Porque cada possibilidade corresponde à resposta em um universo diferente.

- Hem? - exclamou Leo, arregalando os olhos.

- Nosso universo é um, entre muitos. Infinitos, talvez. Cada um com... características diferentes. Por exemplo, num deles, a velocidade da luz pode ser diferente do que é no nosso. Noutro, a gente poderia nem ter se conhecido. Noutro...

- E quando entram os fantasmas nessa história? - debochou Leo.

- Não entram... Mas podem entrar. E se o que a gente chama de

OS
ACHUDOS

fantasma forem habitantes de um outro universo que às vezes se mistura com o nosso? Os cientistas chamam isso de interação... Pode acontecer. Só que a matéria e a energia de um universo paralelo são diferentes das do nosso. Daí, os habitantes desse universo parecem... outra coisa.

– Fantasmas!

– Mas que cisma, Leo! Você empacou nisso e não quer entender mais nada! Só usei os fantasmas como exemplo. O mais importante nem é isso.

– O mais importante é que essa conversa é daquelas para curar insônia de pai de bezerro! Minha nossa, que papo! E olha que tem gente que é chamada de doida porque acredita em conspiração extraterrestre para dominar a Terra. Mas essa...! Uau! Ô, Anjão! Tá na cara que você inventou essa enrolação toda. Pensa que eu sou besta, é?

– Tem certeza de que você quer que eu responda, Leo? – disparou o garoto, furioso.

E os dois ficaram se encarando como se dois universos do multiuniverso tivessem colidido e agora interagissem em uma guerra de raios cósmicos...

De repente, Leo caiu na gargalhada, virou as costas e deixou Anjão bufando sozinho.

Manouk ficou parada, olhando para o amigo por alguns instantes, com aqueles olhos castanhos enormes e cílios compridos se destacando num rosto bem clarinho, emoldurado por cabelos cacheados. Tinha um imenso carinho por ele. Mas sabia que, vez por outra, ele se irritava mais do que devia. Dois minutos depois, ela chegou junto de Anjão e, com voz tranquila, disse:

– Por que você liga tanto para a Leo, hem? Aliás, não é só com a Leo. Se qualquer um estranha as coisas que você fala, você vira uma onça. E olha que nada que você diz é pouco estranho.

Anjão ficou parado um instante ainda, deixando a raiva evaporar, então soltou um suspiro, quase conseguindo sorrir, ao responder para a amiga:

– É! Mau gênio! Que nem aquele meu ancestral... meu tatatataravô. Chamavam ele de Nêgo Marrento.

– Você me contou – disse ela, sorrindo, um sorriso daqueles de rosto inteiro. Estava feliz de ver Anjão bem de novo... ou chegando lá. – Quem mandou te darem o nome dele, hem?... Elias Malê. Uau!

– Ideia do meu pai. E vocês só me chamam de Anjão de deboche, né? – arriscou o garoto. Mas sabia que os amigos gostavam muito dele. E Anjão não poderia gostar mais de todos eles. Principalmente, é claro, da Manouk... Com ela, se sentia mais à vontade do que com qualquer outra pessoa no mundo. Quando estava com ela, começava a falar dessas coisas que adorava... "Os cientistas chamam isso de especulação, especulação científica, quer dizer, aquelas coisas que eles desconfiam que sejam de um jeito, mas que ainda não podem provar...". E ia embora, falando, viajando, pensando em voz alta, enquanto a garota o escutava, admirada com a inteligência do amigo, com o interesse dele por assuntos tão diferentes... E com aquele sorriso sempre muito meigo.

Não podiam ter fascinações mais diferentes.

Aliás, se os Achudos (Prisca andava propondo que assumissem o nome, como se fosse um clube) tinham algo em comum, era que cada um gostava de uma coisa. Só que gostava muito, mas muito mesmo, dessa coisa. Anjão era vidrado em ciências: física, cosmologia, astronomia. Manouk, em mistérios e enigmas do passado, principalmente de civilizações antigas: adorava museus, ruínas, relíquias, mitos e lendas, arqueologia. Prisca - a Priscila - era leitora apaixonada de romances e contos, e uma tremenda cineasta, que já tinha ganhado até prêmios de cineastas amadores. E Deco - o Délio -, esse gostava mesmo era da vida ao ar livre, de acampar; às vezes até parecia conversar com os animais e com as árvores. O Jardim Botânico era seu refúgio favorito, com suas alamedas de árvores centenárias e palmeiras, viveiros de plantas, lagos com vegetação aquática, bosques e cavernas, e encostas com trilhas que subiam para a mata. No fundo, Deco tinha muito dos pais, que possuíam um sítio no interior, onde cultivavam produtos, criavam animais e, no final da tarde, tomavam chá na varanda, assistindo ao pôr do sol e botando Beatles para tocar a toda altura.

Entretanto, os Achudos tinham uma coisa em comum: por alguma razão que desconheciam, mesmo com interesses tão desencontrados, eles se curtiam muito e adoravam se juntar para bater papo. Mesmo quando Anjão ficava irritado porque os amigos achavam que estava exagerando em suas especulações. Mesmo quando achavam que Manouk estava de novo dando uma de menina boazinha. Mesmo quando o Deco fugia de todo mundo para suas excursões, sozinho, na natureza. Mesmo quando a Prisca dava uma de mandona... quer dizer, de diretora. Mesmo quando às vezes discutiam a ponto de parecer que estavam prestes a sair no tapa.

{02} O CASARÃO DO SR. ÓTIS

Nos fundos de uma vila de casas, ficava o Casarão Ótis.

Muita gente da vizinhança preferia esquecer que a tal casa existia. E isso nem era tão difícil assim, já que não era possível vê-la da rua da vila. O Casarão Ótis ficava encravado na pedra do morro que envolvia o bairro. À sua volta, havia um imenso terreno, que deveria ter sido um jardim, muitos anos atrás, mas que estava tão abandonado que o mato crescera, engolindo os canteiros e as aleias, enquanto as árvores ganharam trepadeiras que despencavam como se fossem cabeleiras desgrenhadas, escondendo a fachada da casa. Tornara-se quase uma floresta, mas estranhamente silenciosa, sem pássaros nem animais. Em torno da propriedade, separando-a da vila, havia um altíssimo muro de pedra e, numa das extremidades desse muro, um portão grande, de metal enferrujado. O muro e o portão eram a única coisa possível de se ver de fora.

Segundo se contava, fora construído na virada do século XX, quando ainda não havia nem a vila nem casa alguma nas proximidades, por capricho de certo senhor estrangeiro, que diziam ter vindo da Inglaterra, mas de cujo passado nada se sabia. Era conhecido como

Sr. Ótis e fora o único morador do Casarão. Acreditava-se que tinha um gosto peculiar para arquitetura e que a casa era, no mínimo, esquisita. Alguns diziam mesmo que tinha uma aparência perturbadora. Fazia mais de noventa anos - desde que o Sr. Ótis morrera - que estava desabitada.

De fato, como a casa fora construída detrás daqueles muros - a primeira coisa a ser levantada -, pouca gente poderia dizer que já a tinha visto, mesmo quando ainda era recente. Rumores muito antigos contavam que se assemelhava a um pequeno castelo europeu, com paredes de pedra, três andares, janelas altas, torres cilíndricas e terraço repleto de ameias pontudas e estátuas - gárgulas - que mais pareciam monstros, empoleirados nas bordas, espiando imóveis lá para baixo. Constava também que tinha muitos aposentos, inclusive um enorme *hall* e salão no térreo, e um porão algo labiríntico, como se fosse uma masmorra. Aliás, dizia-se que todos os aposentos eram bastante escuros. Falava-se de uma biblioteca, bela e sombria, num estilo muito particular, com lambris de madeira escura e estantes até o teto, além de um candelabro de ferro fundido, no centro, muito antigo, provavelmente trazido de algum castelo demolido da Europa. Temia-se que o Casarão estivesse em lastimável estado de abandono, talvez mesmo com partes desabando.

Várias tentativas foram feitas para vender a propriedade. Todas frustradas. E há tempos era como se os herdeiros houvessem desistido de lhe encontrar um dono, ou mesmo alugá-la, devido às histórias que se contavam sobre os sustos levados pelos interessados que foram visitá-la e pelos corretores de imóveis que tentavam fazer a venda... Havia mesmo rumores de que alguns deles foram vistos atravessando o portão em disparada, fugindo de algo que transtornara as expressões de seus rostos e os fizera, aos berros, jurar que jamais retornariam ao Casarão Ótis.

***

- É um casarão gótico! - disse Prisca. - Igualzinho aos das histórias de terror... Feito aqueles do Drácula ou do Frankenstein!

- Como é que você sabe? - estranhou Deco. - Já viu a casa, por acaso?

- Claro que não. Mas, pelo que todo mundo diz, parece - replicou a garota.

- Taí! - exclamou Manouk.

- Taí o quê? - estranhou de novo Deco.

- A gente não estava agora mesmo falando que nem tudo tem explicação? - disse Manouk. - O Casarão Ótis é uma dessas coisas.

- E eu continuo discordando - disse Anjão. - Tudo tem explicação. A gente é que pode não saber explicar. É diferente!

E de repente o rosto do garoto se iluminou, e ele se calou.

- Ih! O Anjão teve alguma ideia - adivinhou Manouk.

- Encrenca à vista! - anunciou Deco.

- Oba! - exclamou Prisca.

Mas Anjão não dizia coisa alguma. Os olhos revirados para cima, como se atravessassem o teto e alcançassem as estrelas. E todos voltados para ele, esperando, impacientes.

- Vai dizer o que foi ou não vai? - reclamou Prisca.

- O Casarão do Sr. Ótis... - murmurou Anjão.

- Sei. O que tem ele? - insistiu Prisca.

- E se a gente fizesse um experimento científico? - sugeriu Anjão, assim, como quem não quer nada.

- Hem? - exclamou Deco, surpreso.

- Anjão... - adivinhou Manouk, pensando no papo que tinham tido mais cedo e na briga com a Leo. - Você não está pensando em entrar no Casarão, está?

Um segundo, dois, calado, com todos de olhos cravados nele. Enfim, muito embaraçado, o garoto admitiu:

- Estou.

- Essa não! - disparou Deco, juntando as mãos. - Anjão!

- Só um pouquinho! - disse Anjão, quase se desculpando.

- Como assim? - apertou Deco. - Só está pensando um pouquinho, como quem sabe que é um pensamento idiota e que não vai insistir com ele... Ou está pensando em entrar lá só um pouquinho... quer dizer, pular o muro, dar uma olhada à distância e fugir correndo?

- Nem uma coisa nem outra! - respondeu, ganhando confiança, o Anjão.

- Tô fora! - replicou Deco em cima.

- Tô dentro! - disse Prisca, mais que depressa.

- Mas aquilo deve ter virado um cupinzeiro gigante a essa altura - disse Deco.

- Melhor ainda! - ricocheteou Prisca. - Vai dar um filmaço! Só não sei se vou fazer um documentário ou uma ficção.

E todos olharam para Manouk, esperando que ela dissesse qualquer coisa. A garota ainda demorou alguns instantes para falar:

- Anjão... Você não é do tipo que entra um pouquinho. Tá pensando em invadir o Casarão na marra e entrar... total... geral... de vez... lá. Não é?

- É - confessou, cada vez mais seguro, o Anjão.

E foi aí que todos começaram a falar ao mesmo tempo, sem que ninguém conseguisse se entender.

***

Os outros já tinham ido. Mesmo sem terem chegado a uma decisão, todos sabiam que estava decidido. Iam invadir o Casarão Ótis. E realizar o tal experimento científico do Anjão, fazer o filme da Prisca e tudo o mais a que se tem direito quando se entra numa casa mal-assombrada.

Manouk tinha ficado sozinha na sala, enquanto Anjão fora pegar o que havia prometido lhe mostrar. Era a relíquia da família Malê, guardada numa caixa, no estúdio do pai - Jamal Malê era um pintor bastante famoso. O estúdio ocupava todo o segundo andar da cobertura onde moravam. A relíquia ficava guardada numa caixa de jacarandá, sem nenhum relevo nem inscrição. Logo o garoto desceu, trazendo a caixa.

Em silêncio, com toda a reverência diante daquele objeto que sua vivência familiar o ensinara a ter, ele o depositou sobre a mesa. Manouk se aproximou, impressionada com a expressão no rosto do amigo e com seus cuidados ao abrir a caixa. O objeto estava envolvido num veludo negro, que Anjão desdobrou lentamente.

Parecia tão sem valor... Era uma faca, mas bastante tosca. Não tinha cabo de madeira, só entalhes onde devia ser segurada, sendo toda ela uma peça única em ferro fundido. A lâmina de gume duplo já perdera o corte fazia tempo. Naquele pedaço modelado para segurar e brandir a faca, havia uma inscrição gravada: um nome e uma data.

- Isto está na minha família - murmurou Anjão em voz baixa e respeitosa - há um século e meio. Meu pai costuma dizer que temos muita sorte de possuirmos algo assim. Que poucas famílias negras têm uma coisa como esta... uma indicação da sua história no Brasil. Não existe registro de nada, o passado da maioria se perdeu. Ainda mais a gente que tem uma origem bem pobre. Meu pai, quando era garotão, não pintava quadro, não... Era pintor de parede mesmo. E pedreiro. Biscateiro de rua. E tem orgulho do tanto que ralou no começo da vida, entende?

- Entendo... - disse a garota, no mesmo tom de voz. - Ele tem razão de ter orgulho disso. Você também, Anjão. É bonito demais, essa coisa toda! Mas... essa data... Você não tinha me falado disso.

Na faca estava gravado, em baixo-relevo:

Elias Malê - Nêgo Marrento - 1835

- Foi o ano da Revolta dos Malês, em Salvador. Os escravos se rebelaram e tomaram a cidade. Meu ancestral, Elias Malê, estava nessa luta. Depois, essa faca passou de pai para filho. Nunca mais nenhum deles foi escravo de novo!

Manouk assentiu com um lento movimento de cabeça.

- É por isso que você também resolveu ser marrento - disse ela, sorrindo.

Anjão retribuiu o sorriso:

- Não acha uma boa razão?

E os dois ficaram contemplando a faca por mais alguns momentos.

- Seu pai vai se chatear se souber que você a tirou da caixa e me mostrou?

- Não, seu Jamal adora você. Quando eu e você brigamos, ele dá sempre razão a você, sabia?

- Sabia - respondeu a garota, rindo de um jeito travesso. - E a sua mãe?

- Bom, ela é mais do tipo ciumenta. E se importa menos com essa história de antepassado revolucionário...

A mãe de Anjão, Beatriz, era *chef*, e seu restaurante sempre aparecia citado nas revistas entre os melhores de gastronomia afro-brasileira. Gostava de recriar pratos tradicionais, sempre com muito estilo.

"Ela diz que vou gostar de rabada quando virar gente grande", brincava Anjão, "e daí vou adorar a versão dela, feita ao vinho e com sua mistura especial de temperos: pimenta, cravo, cardamomo... Parece feitiço!"

- Puxa, nem acredito que essa faca existe mesmo. Você vivia prometendo me mostrar...

- Como não acredita? - reclamou Anjão, embrulhando de volta a peça no veludo. - Você é a única que acredita nas minhas tiradas... Isso aqui é mole. Ainda mais que, diferente dos universos paralelos, essa faca dá até para lamber... Ó! - e Anjão passou a língua na superfície do artefato.

- Mas por que resolveu me mostrar hoje?

- Bem, você me deu o maior apoio.

- Nessa história do Casarão Ótis? Olha, não estou com essa certeza toda, não...

- Você não tá com medo de fantasmas, tá?

- Um pouco. Você não?

- Um pouco também - admitiu o garoto, hesitante. - Mas, então, por que você topou?

- Sei lá... intuição.

- Você e suas intuições!

- Sério, algo me diz que pode ter alguma coisa interessante por lá. Algo... diferente.

- Um fantasma?

- Sei lá. E se for?

- Bem, se a gente encontrar um fantasma, só preciso fazer na hora a experiência que vai provar que ele na verdade é um habitante de outro universo. Estou bolando alguma coisa.

- Hem? Quer dizer que você ainda não sabe o que vai fazer?

- Não conta para os outros, tá? - pediu o menino.

- Mas você jogou o maior papo pra cima da gente! Parecia que não tinha a menor dúvida. Tem jeito de provar essa sua ideia ou não?

- Sei lá... Vou mandar uns *e-mails* pra umas pessoas que eu conheço, uns *nerds*, cientistas, mas...

- Blefe! - acusou Manouk.

- Bem, vai ter gente que vai receber o *e-mail* e dizer...

- Que além de marrento você é um achudo mesmo.

- Por aí.

- A Prisca nem vai ligar. Ela vai filmar seja lá o que aparecer e ficar satisfeita. Mas o Deco, periga de ele ter um ataque! A gente teve de convencer o cara! Ele prefere coisas simples como cobras, morcegos, aranhas-caranguejeiras...Você sabe.

- É... sei.

Manouk soltou um suspiro preocupado.

***

Naquela noite, cada Achudo teve um sonho.

Anjão se viu numa estação de observação espacial, em peregrinação exploratória pelos confins do Sistema Solar. Chegara o momento mais importante da missão, o clímax da aventura. Um, dois, três, quatro... e PLOC-TRUM! O prodígio aconteceu. Lá estava, na megatela da nave, a maior façanha científica da humanidade. Atravessando uma fenda no espaço-tempo, o hipercolossal telescópio da estação conseguira registrar uma cena no passado; aliás, o mais importante acontecimento cósmico, o nascimento do Universo, bilhões e bilhões de anos atrás: o Big-Bang! Que agora estava sendo retransmitido para todos os terráqueos. Ou quem sabe até para não terráqueos? Afinal, nunca se poderia precisar como uma transmissão como essa se difundiria no espaço.

Já Manouk viu-se em seu sonho com a faca de Elias Malê, o antepassado de Anjão, nas mãos. Ao mesmo tempo folheava um enorme livro antigo. De repente parou, seu rosto se iluminou e, assistindo a si mesma no sonho, adivinhou que havia descoberto um tremendo segredo arqueológico envolvendo a relíquia da família do amigo.

Deco também estava feliz como nunca. Em jornais à sua volta, as manchetes anunciavam: "Acabou o desmatamento da Amazônia", "Grandes áreas de Mata Atlântica recuperadas", "Mais espécies salvas da extinção", "Novidades tecnológicas e mudanças de comportamento garantem que estoque de água potável do planeta não vai acabar", "Ar mais limpo na maioria das cidades brasileiras", "Buracos na camada de ozônio têm redução significativa"...

Já Prisca se viu toda elegante, caminhando por um tapete vermelho. Mal entrou num grande teatro, todos se levantaram para aplaudi-la, enquanto o apresentador da cerimônia anunciava: "E o Oscar vai para... Prisca Oliveira Gambinni!".

E se fosse possível dar um *close* no rosto de cada um, fazendo-os aparecer com destaque máximo em quatro telas diferentes, seriam constatados um tal sorriso, uma tal felicidade no rosto deles por causa dessas cenas sonhadas, além da conta de tão maravilhosas, que sobre elas comentaria Sir Simon: "Parecem aquelas sequências que, maldosamente, tentam distrair os leitores ou os espectadores, para deixá-los despreparados para o mais brutal, o mais surpreendente e impactante terror, que logo se seguirá!".

{03} CADÊ VOCÊ?

Assim começava o *e-mail* que Prisca passou para os amigos:

> **Para**: Undisclosed recipients
> **De**: Prisca <prisca@provedor.com.br>
> **Assunto**: Descoberta
>
> > Gente, fui fazer meu dever de casa para nossa operação caça-fantasma. Sabia que tinha alguma coisa familiar nessa história, mas não tinha certeza. E olha só o que eu garimpei na internet para vocês. Será que esses Ótis são os mesmos do Casarão?

No texto que Prisca havia garimpado, lia-se:

> *O fantasma de Canterville*. Novela de Oscar Wilde (1854-1900), escritor e dramaturgo irlandês. Enredo: Os Ótis são uma família americana que se muda para a Inglaterra. Compram a Mansão Canterville, uma residência localizada no interior rural. Ocorre que a casa é assombrada pelo fantasma de Simon de Canterville, falecido em 1584. Sir Simon fora acorrentado num aposento secreto pelos irmãos de sua esposa – Lady Eleanor –, que ele havia matado.

Morreu de sede e inanição, e ali foi deixado, sem sepultura. Nos séculos que se seguiram, seu espírito vagou pelo castelo, assumindo a forma de horrendas aparições que afugentavam todos os visitantes e interessados em comprar a propriedade. Até que a filha dos Ótis, Virgínia, providencia o enterro dos restos mortais de Sir Simon, anunciando que ele estava perdoado por seus crimes e que nunca mais seria um fantasma.

A mensagem de Prisca dizia ainda:

Só que esse fantasma é uma ficção. É um "falso gótico". Quer dizer, é uma história de terror que tem tudo do gênero gótico, lá do século XIX – casa enorme, abandonada há anos, com muitos quartos e salas, cômodos secretos, sombria à beça, além de maldições antigas e segredos de um passado misterioso a ser revelado –, tudo nos conformes, mas transformado em gozação pelo Oscar Wilde, que adorava brincar com as tradições inglesas, incluindo as famosas histórias de fantasmas, que o pessoal lia em voz alta, para a família e convidados, tentando vencer a tristeza das longas noites de inverno, com muito chá rolando e uma lareira ao fundo que lançava efeitos especiais de iluminação no salão.

Bem *british*. Porque os britânicos (ingleses, escoceses, irlandeses etc.) são os que fazem as melhores, as mais arrepiantes e mais "assustantes" histórias de fantasmas da literatura. Principalmente os escritores lá dos tempos dos clássicos de terror, da época do Oscar Wilde. São daquelas que apavoram a gente lá no fundo. Bem no fundo mesmo.

Literalmente, até...

... Porque é no fundo da tumba onde jogam a gente, junto com a coisa, a ossada, os restos. E ainda por cima rodeados por um típico cemitério quase escondido pelo mato crescido, com as lápides como que saindo da terra rachada, algumas tombando para o lado; as árvores desfolhadas, com galhos retorcidos como dedos descarnados, querendo agarrar a gente; sombras suspeitas e o uivo do vento correndo o cenário.

Só que...

... A história se passa em mil oitocentos e caqueiradas... Um século e tanto atrás. Como pode ser esse o fantasma que está assombrando o Casarão velho aqui do bairro? Bom, o tal cara que mandou construir a casa também se chamava Ótis e veio da Inglaterra. E se a história não for somente invenção? Já imaginaram? E se Oscar Wilde aproveitou um caso que lhe contaram, uma dessas lendas regionais, e o transformou em *O fantasma de Canterville*?

O tal Ótis que veio para o Brasil bem podia ser um dos filhos do casal que comprou a Mansão Canterville. Talvez um dos gêmeos – tinha um que se chamava Estrelas e o outro, Listas, por causa da bandeira americana. Ou Washington, o mais velho, com um nome mais "tio sameniano" ainda. Na história, os pestes atormentavam o fantasma. Que azar do tal Sir Simon, hem?

Rá, rá, rá!

Brincadeirinha! Claro que não acredito nisso. Já li *O fantasma de Canterville*, faz um tempo e não tem nada a ver com a nossa história. É verdade que tem umas coincidências, como a descrição do castelo e o que a gente já escutou sobre o Casarão. E, querem saber? Se tivesse mesmo um Sir Simon por lá, seria genial. Que estrela para o meu filme! Simon de Canterville é um dos fantasmas mais famosos das histórias mal-assombradas de todos os tempos!

Estou cada vez mais curiosa sobre o que a gente vai encontrar lá dentro.

E eu, com minha câmera na mão, claro.

O Deco está arranjando ganchos e cordas para pularmos o muro. Já a Manouk está pesquisando um pouco mais sobre a história do Casarão. E a sua parte na produção, Anjão? Só você ainda não deu notícias.

Oláá-ááá!

Quando a gente vai entrar em ação? Daqui a duas noites, vai ser o pico da lua cheia, e ela vai estar brilhantérrima. Noite sem nuvens, de acordo com a meteorologia. Imaginem só a iluminação. Que tal a gente aproveitar?

A gente podia usar o álibi de sempre: Anjão diz pros pais que vai dormir na casa do Deco e o Deco diz que vai dormir na casa do Anjão. Daí a Manouk diz que vem dormir aqui, e eu digo que vou dormir na casa da Manouk. Sempre funciona, né?

E é uma boa hora para eu dar uma fugida. Meu pai e minha mãe estão num daqueles períodos de conflito armado. Vale guerra de guerrilha, batalhas campais etc., e eu não quero ficar nesse fogo cruzado. Não sei por que eles foram abrir essa tal de loja de informática juntos. Se nunca conseguem se entender em casa, como

vão querer virar sócios e passar o dia inteiro vendo um a cara do outro? Já é o terceiro negócio deles que desanda, e eles sempre se metem nessas com dinheiro emprestado de banco. Imaginem, que doidos! Falência à vista. De novo. E dessa vez, vai dar em divórcio, tenho certeza. Mas deixa pra lá.
Ô, Anjão! Afinal, como vai ser essa sua experiência? Você acha que daria umas cenas legais para o meu filme?
Bjos pra todos,
P.

***

Para: Undisclosed recipients
De: Manouk <manouk@provedor.com.br>
Assunto: Res: Descoberta

> Galera,
Descobri uma coisa estranha sobre o Casarão. Minha mãe soube que eu estou interessada (juro que não disse por quê, até para ela não ficar preocupada) e me trouxe um livro sobre nosso bairro – vocês sabem que ela é professora numa escola de leitura, não sabem? Bem, tem um capítulo pequeno sobre o Casarão. Aquele terreno foi um cemitério até dois séculos atrás. Parece que o tal Sr. Ótis fez de tudo para comprar o terreno. Pagou o dobro do que a propriedade valia. Pertencia à Prefeitura, mas não descobri nada de antes disso. Essa história está nos registros de uma espécie de corretor de imóveis da época, que era inglês também – se é que o Sr. Ótis era inglês! –, mas que tinha escritório aqui. O corretor se chamava J. Harker. É essa a assinatura do registro e é o único *site* que achei que falava do Casarão Ótis na internet. Bem, vou continuar procurando.
PS: Ô P., se quiser um asilo aqui em casa, desde agora, pode vir! Tenho experiência com esses conflitos por causa da separação dos meus pais. Eles se dão bem agora, e ah... ainda não tinha contado, mas estou até desconfiada de que estejam namorando, escondido de mim. Imagine! Então, se quiser vir, pode trazer a mochila. Sabe como são casa e coração de mãe judia, nos de dona Paulina

sempre cabe mais uma filhota! Principalmente refugiada... Daí, à noite a gente vê uns filmes e come *pizza* feita em casa. Você sabe que sou chegada a uma culinária, né? Faço umas *pizzas* bem maneiras. Ou então a gente pode inventar uma juntas pra ocasião!

* * *

Para: Undisclosed recipients

De: Deco <deco@provedor.com.br>

Assunto: Res: Res: Descoberta

> Anjão! Qual é, cara? A Prisca tem razão. Você foi o único que ainda não mandou nada pra gente. E é logo o papai da ideia. Cadê você? Já juntei o material que prometi que ia procurar. Tudo em cima. Arranjei uma lanterna das grandes, mas daí cada um leva também a sua, OK?

* * *

E o Anjão nada de responder.

{04} O HADES E OUTROS MEDOS

Buuuuuuu!

Buuuu! de novo para os viventes aqui presentes: em carne, osso e sangue ainda não transformados em pó.

Começo a gostar dessa maneira - tão tradicional, repito - de anunciar minha aparição: Buuuu!

Ah, o medo. Essencial, básico em quem caminha sob o sol e a luz no mundo. O medo é parte da vida.

Por tudo o que já li, o primeiro a descobrir o poderoso efeito, para a literatura, dessa característica humana, foi o divino Homero. E tão genial foi ele que fez isso três mil anos antes de pouco imaginativos e ensandecidos assassinos em série transformarem o aristocrático terror, nascido em castelos e abadias de alta linhagem, no que é hoje, uma vulgar sucessão de sustos. E sustinhos. Que se apagam quando se acendem as luzes da sala dos cinemas.

Homero foi o primeiro a compor cenas que usavam como ingrediente principal aquele medo que praticamente nasce com a gente. (Sim, Simon de Canterville também já foi gente!) O medo que se oculta, ou que nos esforçamos em ocultar, nas masmorras de nosso espírito.

Mas, como um fantasma que vaga por corredores sem vivalma no transcurso arrastado da morta-viva madrugada, por vezes ele ressurge, e então... Buuuu!

Homero nos deixou dois poemas épicos grandiosos, que são os pilares de toda a literatura de nossa civilização ocidental (para dizer pouco!). Inclusive deste gênero, ao qual sou lapidarmente ligado, a literatura de terror. Um deles é a *Ilíada*, ambientado na Guerra de Ílion, cidade também conhecida como Troia. O outro é a *Odisseia*, que narra o retorno de Odisseu, também chamado Ulisses, depois dessa guerra, para sua ilha natal de Ítaca, sua esposa Penélope e seu trono. Só que, para poder retornar, ele teve de passar pelo maior terror de qualquer grego da Antiguidade, um terror mitológico: o Hades!

Ao Hades desciam os espíritos de todos os mortos, bons e maus. No Hades, os espíritos eram lançados no vazio, na escuridão, e tinham a memória apagada, reduzindo-se assim a sombras incorpóreas, vagando por toda a eternidade num vazio imutável.

Para os gregos, a quem a deusa Memória, mãe das Musas, propiciara todo o conhecimento e as artes e que moldaram suas esculturas e templos, principalmente, no mármore - para que fossem banhadas pela luz solar e a refletissem abundantemente -; para eles, aquele ermo de escuridão e esquecimento era, enfatizo de novo, o terror. Não apenas um terror, mas o Terror.

O terror inerente.

Não se podia ser grego, nascido e criado naquela cultura, sem estar impregnado e imbuído do terror ao Hades.

E lá vai Odisseu descer ao Hades, ao Submundo da Desolação, ao Reino da Morte...

Ali, precisa atrair o espectro do adivinho Tirésias, que vai indicar-lhe o caminho de retorno a Ítaca. Para isso, começa escavando um fosso, que enche com o sangue obtido da degola de dois carneiros negros. É então que acontece a cena da qual descendem todos os vampiros, todos os zumbis, todas as assombrações da literatura, símbolos de nossos medos acumulados ao longo da vida - ou herdados de nossa cultura e de nosso ambiente.

A multidão de espectros cerca Odisseu e seus homens. Todos

seres uivantes de mente inerte, ávidos para beber daquele sangue que lhes reanimaria as lembranças de suas vidas na Terra. São expressões ainda contraídas pelo rito, às vezes doloroso e mutilador, da morte. São corpos aos pedaços e em decomposição, vítimas de batalhas.

Odisseu os afasta. Permite somente a Tirésias que beba de seu sangue, o que o adivinho faz, para então lhe transmitir as indicações para seu regresso a Ítaca.

Odisseu não poderá seguir a orientação de Tirésias e penará dez anos pelo Egeu e pelo Mediterrâneo antes de rever sua montanhosa ilha. Mas isso é outra história.

O que importa aqui é a força dessa cena, que está em cartaz há três mil anos.

Cada vivente tem seu Hades. Cada qual vive imbuído do seu terror.

E não pensem que invejo Homero. Eu próprio tenho criações de muito êxito. É de perder a conta o número de colapsos nervosos, ataques de pânico e desvarios trágicos em geral que minhas performances provocaram naqueles que ousaram penetrar em meus domínios. (Como vocês fizeram, ao invadir esta casa, Achudos!)

É muito simples. Basta aproveitar as imagens que os viventes retêm de seus pesadelos. E confiar que enxerguem o que quiserem, com os olhos da imaginação.

Mas não lhes conto este capítulo da história do terror para enaltecer a minha própria obra. Não.

Se faço esta reflexão em meio a minhas memórias, é para alertá-los de que o terror, o verdadeiro terror, toca em algo que já existe no âmago do vivente. Remexe-o. Transtorna-o. O vivente, provando desse terror, leva-o consigo. Porque algo dentro dele desperta. Ganha vida - se aqui posso utilizar essa palavra. E o acompanhará até o final de seus dias... ou até que consiga do vivente que venha ao seu encontro. Ao encontro fatídico do seu mais íntimo e intrínseco... terror!

Sir Simon de Canterville

{05} O CEMITÉRIO

Os Achudos haviam percorrido sorrateiramente e em absoluto silêncio a rua principal da vila, ladeada de casas, até chegarem ao fundo. Lá estava o Casarão, afastado das demais residências - como se tivessem, cautelosamente, deixado um espaço vazio entre elas e o sombrio imóvel. E na extremidade mais afastada do muro do Casarão ficava o portão da propriedade, onde pararam. Os quatro estavam com o coração bombeando aos solavancos, retumbante feito um tambor, todos engolindo em seco e trocando olhares rápidos.

Meia-noite e três minutos.

Lua cheia.

Mais cedo, ainda naquela manhã, Anjão havia passado a convocação pela internet:

"Estou pronto. Vamos invadir o Casarão Ótis esta noite. Todos firmes?"

"Ativa e operante", respondeu Prisca.

"Ok", transmitiu Deco, que, agora que havia se decidido, ficara impaciente para entrar logo em ação.

"Ai, ai... Vocês têm certeza? Tô com um pressentimento...", escreveu Manouk. "Mas tudo bem. Encontro vocês como combinamos."

Chegaram quase juntos à entrada da vila.

- E a experiência? - Deco foi logo cobrando, assim que viu o amigo.

- O material tá comigo - respondeu Anjão.

- Com você, onde? - insistiu Deco.

- Tô dizendo que estou pronto para provar que fantasmas não passam de uma interação de outro universo do multiuniverso com o nosso. Mais alguma pergunta? - disparou Anjão.

- Nenhuma - interveio Prisca. - Vamos logo.

Esgueirando-se, colados às paredes, na escuridão da vila, e torcendo para nenhum cachorro, nas casas, dedurá-los, os quatro amigos avançaram na ponta dos pés. Deco tirou da mochila as cordas, com ganchos amarrados nas pontas.

- A gente joga, puxa para enganchar firme na borda do muro, depois escala, certo? Todo mundo em forma?

O muro tinha cerca de três metros e meio de altura e estava coberto de heras. O primeiro a subir foi Deco, que ajudou os outros. Também foi ele o primeiro a aterrissar do outro lado. O luar estava tão forte que nem foi preciso acender a lanterna. Os três Achudos que haviam ficado encarapitados no muro aproveitaram a pausa para examinar o terreno à frente.

- Puxa! - exclamou Prisca, admirada. - Eu não pensava que a casa ficasse tão lá no fundo. Daqui nem dá pra ver a fachada.

- Não dá pra ver é nada. Só uma manchona escura - disse Manouk. - Esse jardim é enorme.

- Podem descer! - chamou Deco. - Anjão, você primeiro, pra me ajudar a segurar as garotas.

- Quem disse que a gente precisa disso? - chateou-se Prisca.

- Fala baixo, todo mundo - sussurrou Anjão.

- Por quê? - sobressaltou-se Manouk. - Tá com medo de acordar alguém lá dentro?

- Não é nada disso - replicou Anjão, já pisando no jardim. - Mas o que a gente tá fazendo não é muito... direito, sabem? Estamos invadindo a casa de alguém.

- Ora - disse Prisca, já se enroscando na corda para descer o muro. - Alguém, quem? O Casarão tá deserto há décadas! Ninguém quer esse lugar.

- O que é muito estranho - disse Manouk.

No chão, tudo parecia ainda mais assustador, como se houvesse algo à espreita por trás dos arbustos de mato crescido, ou das árvores, com suas sombras esqueléticas que o luar lançava sobre eles. Dali não viam a casa, no entanto sabiam mais ou menos em que direção avançar. Deixaram as cordas com os ganchos junto do muro e seguiram adiante.

O grupo caminhou em silêncio por alguns momentos. De repente, Manouk parou, olhando em volta.

- Deco, vamos acender as lanternas! - pediu a garota ao amigo, que ia na frente.

- Não precisa - respondeu ele. - O luar...

- Precisa, sim! Tenho de ver direito onde a gente está! Tem algo esquisito aqui.

Os quatro sacaram as suas lanternas e as acenderam ao mesmo tempo. Na primeira rodopiada em torno do ponto onde estavam, não distinguiram muita coisa. De repente, o facho de luz de Manouk parou em algo. Era uma pequena construção de pedra, quase coberta de mato. E a de Deco iluminou uma série de placas, também de pedra, saindo do chão, e lajes tão cobertas de mato e de trepadeiras que mal dava para distinguir o que fossem. Subitamente, Manouk soltou um grito abafado.

- São... sepulturas. Estamos num cemitério!

- Tá de brincadeira! - exclamou Prisca, colando na amiga.

Deco continuava correndo a luz de sua lanterna pelos arredores. Anjão, fascinado, havia parado sua luz sobre a construção de pedra.

– Tem uma entrada... e um portão de ferro. – ele observou. – É uma cripta! Nossa! A gente tinha de vir bem pelo meio do cemitério. Que sorte, hem?

– Olha ali, no alto do portão – disse Deco. – Tem alguma coisa escrita.

Ele e Anjão se aproximaram. Mesmo com as mãos tremendo, Prisca sacou sua câmera da mochila.

– Vai dar pra gravar? – perguntou Manouk.

– Com esse luar todo, pode ser. E essa é uma tremenda lente! Bem, eu é que não vou acender meu holofote aqui.

– Melhor mesmo – disse Anjão.

Prisca, agora gravando, e Manouk chegaram junto dos garotos. Foi Prisca quem leu em voz alta a inscrição em alto-relevo, em letras de bronze:

Deixe os Adormecidos dormirem

– Isso tem de ser brincadeira! – disse Manouk. – Ou, então, tô começando a achar que a gente tinha é que fugir rapidinho daqui.

Subitamente, uma lufada de vento mais forte remexeu os galhos das árvores e o emaranhado de arbustos. Um rangido baixo, mas perfeitamente discernível, ressoou e, quando os quatro Achudos perceberam...

– Quem abriu o portão da cripta? – disse Deco, já sem conseguir baixar a voz.

A porta de ferro se escancarara, como se os convidasse a entrar.

– Ora... Ora... – gaguejou Prisca. – Só pode ter sido o vento.

– Mas... abriu de dentro para fora – observou Anjão. – Não tem vento saindo lá de dentro. Quer dizer, não devia ter... nada saindo lá de dentro!

Mal disse isso, ouviu-se um estrondo à direita, a poucos metros de distância. Nem precisaram dos fachos de lanterna.

– Foi aquele túmulo ali, ó – disse Anjão. – Olhem... a tampa de pedra rachou!

– Como assim, rachou? – disse Deco. – Aquela laje deve pesar uma tonelada. E está ali há tempos. Ia rachar logo agora, com a gente aqui?

Os Achudos direcionaram os fachos de suas lanternas sobre a laje, e então, com voz trêmula, Anjão disse:

– Gente... não é por nada não... mas a laje também quebrou de dentro pra fora...

– Tem um troço qualquer querendo se desenterrar – murmurou Manouk.

– Vamos fugir daqui! Já! – berrou Prisca, que, mesmo assim, por instinto e força do hábito, continuava a gravar.

– Parem todos – disse Manouk, com voz sufocada, e virou-se para a cripta.

– Mas a gente... – ia dizendo Deco.

– Shhh! – fez Manouk. – Escutem!

Eram passos. Como se estivessem subindo degraus, dentro da cripta.

– Deve ter uma escada ali... Na certa, a cripta leva para um nível subterrâneo – disse Deco.

– Tô nem aí pra onde ela leva. O que é que tá subindo? – gemeu Manouk. – Prisca, deixa de ser maluca e para de gravar um instante.

– Não posso. Se não olhar pela lente da câmera, vou entrar em pânico.

– Mas é uma hora ótima para entrar em pânico – gaguejou Anjão.

– Olhem!

Uma luminosidade oscilante, avermelhada, como se fosse uma chama, surgia cada vez mais próxima, lá do fundo da cripta, e acompanhava o som dos passos, como se corresse atrás do que quer que estivesse subindo. Uma sombra começou a se projetar para fora da entrada de pedra, esticando-se no chão até quase alcançar os Achudos. Eles estavam paralisados, com o estômago contraído, sem conseguir respirar, como se algo já lhes apertasse a garganta. E havia algo estranho naquela sombra. Eles foram vendo, foram vendo, sem querer adivinhar o que era, torcendo para que não fosse... mas era. Tinha as pernas, o tronco, os braços, os ombros como uma sombra de gente, mas nem tão "de gente" assim porque, acima dos ombros, havia um toco cortado. Então, esforçando-se para encontrar a voz, Anjão berrou:

– Essa coisa... é a sombra de um sujeito... sem cabeça!

Os quatro saíram correndo, aos berros, absolutamente desnorteados, sem saber para onde iam.

Foi assim que se separaram.

E foi quando Manouk desapareceu.

{06} PORTAS ABERTAS

Ora, as portas abertas. Pode-se imaginar qualquer coisa saindo de uma porta aberta. Ao mesmo tempo, uma porta aberta: quem resiste a atravessá-la? Se não fossem as portas deixadas abertas, muito perderiam as histórias de terror.

Sir Simon de Canterville

Anjão, Deco e Prisca, cada qual vindo de uma direção, correndo e gritando, praticamente deram um encontrão a três junto da porta principal do Casarão. O susto que tomaram não foi deste mundo. Caíram no chão, se enroscando, torcendo-se, um golpeando o outro com chutes e safanões esbaforidos, e ainda gritando, até que Deco abriu direito os olhos e berrou:

- Prisca! Anjão! São vocês?

- Minha nossa! Minha nossa! - gaguejou o Anjão, parando de se debater.

Ainda no chão, os três rolaram, deitando-se de costas. Deram com a fachada do Casarão, sob o luar, assomando sobre eles como um vulto disforme, com as janelas quebradas parecendo olhos arregalados, as pontas das pequenas torres saindo do telhado feito chifres, e as gárgulas, encarapitadas no telhado, como se estivessem prestes a dar o bote. Os três engasgaram.

- Cadê a Manouk? - perguntou Anjão, depois de alguns segundos, olhando em volta. Atrás deles, o jardim estava envolvido na escuridão, como se uma cortina houvesse se fechado. - Gente! Cadê ela? - berrou o garoto, aflito.

- Manouk! Manouk! - chamou alto Prisca. Mas não houve resposta.

- O que era aquilo lá atrás? Saindo da cripta? - murmurou Deco.

- Ah, sei lá se tinha alguma coisa saindo mesmo - disse Anjão, sem muita convicção. - A gente só viu a sombra...

- E se a sombra ficou com a Manouk? - insistiu Deco.

Os três se calaram por um instante, oprimidos pela súbita escuridão que os rodeou no jardim.

- A gente precisa procurar por ela - disse Anjão finalmente. - Você ainda tem a sua lanterna, Deco? E você, Prisca?

- Você perdeu a sua? - irritou-se Deco, acendendo a própria lanterna.

- Deixei cair - murmurou Anjão, sem graça.

- Eu também - disse Prisca, mais sem graça ainda. - Mas tem o holofote portátil da minha câmera. Só não pode ficar aceso direto, senão acaba a bateria.

- Olha! - disse Deco, apontando algo na fachada do Casarão. - A porta tá aberta.

Prisca encolheu-se, assustada. Anjão abriu a boca e não conseguiu fechá-la por alguns instantes.

- Tão pensando em entrar? - disse, finalmente, Prisca. - A gente precisa encontrar a Manouk primeiro.

- Manouk! - berrou de novo Anjão, levantando-se.

Mais uma vez, não houve resposta.

- E se ela tiver corrido para onde a gente deixou as cordas, junto do muro? - arriscou Prisca. - E se tiver ido embora?

Mais uma vez, fizeram silêncio.

- E se foi ela quem abriu a porta, e estiver lá dentro agora, vendo o que tem no Casarão? - arriscou Deco.

- Até parece! - Prisca duvidou.

- Eu acho que pode ser - replicou Anjão. - Então, antes de ir procurar lá no...

- No cemitério! - lembrou Prisca.

- No jardim - emendou Anjão -, a gente devia aproveitar que já tá aqui e ver se encontra a Manouk lá dentro.

- Nem a pau que ela ia entrar sozinha - disse Prisca. - Aliás, mesmo com vocês, eu não entro aí. Tchau!

- Peraí! - pediu Deco, respirando fundo. - Do jeito que a gente tava assustado agora há pouco, quem sabe? Ela pode ter entrado pra se esconder, sem nem ver o que tava fazendo. Pode tá em algum canto, toda encolhida e apavorada demais para sair.

- É, pode ser... Alguém abriu aquela porta - disse Anjão, mas se calou de repente, percebendo que o que havia dito também era um bocado assustador. - Quero dizer... alguém... tem que ter sido a Manouk... Ou pode ser que a porcaria da porta estivesse aberta faz tempo.

- Tá, tá - aceitou Prisca, também se levantando. - Vamos dar uma olhada rápida.

- Certo - Deco concordou, colocando-se de pé num pulo. - Mas, lembrem aquilo que eu disse: cuidado, olhem bem onde pisam.

Essa casa tá abandonada faz tempo e deve ter cupim no assoalho. Se a gente pisar distraído em madeira comida, ela pode afundar e a gente se machucar feio. - E o garoto completou com um arrepio: - Ou coisa pior!

- Como assim? - quis saber Prisca.

- Hum... nada, besteira minha - tentou desconversar Deco.

- Ei! - Prisca pensou alto, de repente. - Ia dar uma cena final fantástica o Casarão desabando, engolido por um ninho subterrâneo gigante de cupins.

- Todo ninho de cupins é subterrâneo! - corrigiu Deco. E logo emendou-se, com um arrepio: - E chega dessa história de ser... engolido por um ninho de cupins, por favor.

- Tá, tá. O que eu quero dizer é que os filmes sempre acabam com a destruição total da casa, do castelo, até da ilha, né? Uma erupção de vulcão, por coincidência, bem no finalzinho da história e...

- Prisca! - exclamou Deco, consternado. - Do que você tá falando?

- De nada - disse a garota, com um soluço. - É que eu tô nervosa... apavorada!

Deco, mais calmo agora, sorriu para ela e disse:

- Eu vou na frente, com a lanterna, certo?

- Mais uma coisa - pediu Prisca. - Se alguém for gritar, avisa antes, tá? Pra não pegar ninguém de supetão!

- Hem? - perguntou Anjão. - Mas como a gente vai saber que vai levar um susto?

- Anjão! Não debocha, cara! Tô com medo. De verdade!

Prisca empunhou de novo sua câmera, acendeu o holofote e se colocou atrás de Anjão. Depois, mudou de ideia:

- Anjão! Você fecha a fila - mandou a garota. - Assim, se alguma coisa roçar no meu cangote, vou saber que é você.

- E se alguma coisa roçar no meu? - disse o garoto.

- Vamos nessa - chamou Deco. - Mas devagar, hem?

* * *

O vestíbulo da casa tinha um pé-direito de quase dez metros. Era enorme. O teto se perdia na escuridão e, mal os três Achudos remanescentes atravessaram a porta, sentiram algo opressivo sobre si, como se as pesadas e maciças vigas de madeira e toda a estrutura que sustentavam fossem desabar, soterrando-os.

- Juro que tem alguma coisa lá em cima nos vigiando - disse Prisca, apontando para o alto o holofote, que, no entanto, não chegava sequer a abrir fendas na escuridão.

- Não tô vendo nada - disse Deco.

- Por isso mesmo - replicou Prisca. - E que cheiro é esse?

- Terra molhada... como nas sepulturas - Anjão disse.

- Parece mais o cheiro de quando a gente entra numa caverna - completou Deco.

- Deve ser mofo mesmo... Só mofo, mais nada! - disse Anjão rapidamente, e gritou: - Manouk!

- Shh! - exclamou Prisca, voltando-se bruscamente e tapando a boca do amigo.

- Ei, me larga, diretora! A gente vai tentar encontrar a Manouk ou não?

- Vamos só dar uma olhada por aqui, certo? - disse Prisca. - Se ela entrou, o que eu duvido, não deve ter ido longe. Pra que chamar a atenção?

- Chamar a atenção de quem? - murmurou Deco.

Como se houvessem combinado que essa era uma pergunta feita por distração e à qual não se deveria responder, os três, sem dizer nada, depois de instantes de hesitação, avançaram alguns passos. O vestíbulo era bastante amplo, com as paredes forradas de painéis de madeira escura. "Ótimo para entradas secretas", pensou Prisca, fazendo uma panorâmica com sua câmera.

Logo à frente, havia uma larga escadaria, cujo cimo também ficava oculto na escuridão. Nas laterais da escadaria, passagens em arco conduziam para outros aposentos - duas à direita e uma à esquerda. Essa era a única fechada, e tinha grandes portas duplas também de madeira.

- Imagina quantas árvores derrubaram para construir tudo isso - lamentou Deco. - Que maldade!

- Era outro tempo - sussurrou Prisca. - Os otários nem pensavam nessas coisas.

- Por que você tá falando tão baixinho? - reclamou Deco.

- Ora! - exclamou Prisca.

- Podiam não pensar, mas era maldade assim mesmo - continuou o garoto. - Muita gente também não pensa nisso hoje em dia. E continua derrubando floresta feito doido.

- Shhh! - fez Anjão.

- Que foi? - perguntou Prisca, sobressaltada. - Ouviu alguma coisa?

- Nada. Nem um rato - respondeu Anjão. - Nem... nada! Barulho nenhum. Vocês não acham esse silêncio meio...

- ... Morto? - arriscou Prisca.

- A Manouk não tá aqui - disse Anjão. - Talvez numa dessas outras salas. Ou quem sabe lá em cima?

- Essa escada eu não subo - decretou Prisca. - Nem arrastada! Aliás, ninguém sobe, que não dou conta de perder mais nenhum de vocês.

- É... - hesitou Deco. - Quem sabe é melhor deixar essa como nossa última opção? Se a gente não encontrar a Manouk aqui embaixo, subimos.

- É, concordo - disse Anjão, ressabiado, correndo o olhar de baixo a cima da escadaria, até onde a escuridão bloqueava a vista. - É melhor mesmo. Muito melhor.

- E que ninguém venha com a ideia de a gente se dividir! - disse Prisca, naquele seu habitual tom de voz de diretora da produção. - É sempre assim que fazem nos filmes quando querem ferrar com os idiotas que entram nas casas mal-assombradas e se entregam de bandeja para os monstros de plantão! Quando o mais inteligente, é óbvio, seria fugir para o mais longe dali e o mais depressa que pudessem.

- Só que a gente não pode fugir! - disse Anjão, decidido. - Não sem a Manouk. Vamos lá, então! Aonde vamos primeiro?

- Para a sala da esquerda. A de porta fechada - decidiu Prisca. - Porque se a porta está fechada, não tá tentando atrair a gente, certo? Vamos... devagar. Ei! Eu disse DEVAGAR!

- Mas eu ainda nem me mexi! - reclamou Anjão.

A lanterna de Deco iluminou a porta dupla de madeira. Só agora se deram conta de que teriam de abri-la e o que quer que estivesse lá dentro poderia ficar solto, de repente.

- Sabe aquela sua tal experiência, Anjão?

- Claro que eu sei, Deco - respondeu o garoto. - Por quê?

- Olha, é melhor ela valer muito a pena. Tem certeza de que a gente vai descobrir uma coisa legal? Mas legal mesmo? Prêmio Nobel de Física no mínimo, tá? Porque se for só meio que média ou pouco mais que porcaria, eu mato você por ter metido a gente nessa!

- Ei, não põe a culpa só em mim. A Prisca tá querendo fazer um filme de terror, não tá? Aliás, ela só pensa nisso!

- Implicante! - disparou Prisca, ouriçada.

- Shhh, os dois! Deixa pra lá! Não tá na hora de brigar!

Passo a passo - aliás, passinhos bem miúdos, os mais miúdos que conseguiam dar -, acabaram chegando junto da porta. E agora olhavam fixamente a maçaneta, como se jamais tivessem visto tal coisa na vida. Anjão esticou a mão para tocá-la.

Foi então que, de repente, as portas se abriram. Ou melhor, se escancararam.

- Senti firmeza! - disse Prisca para Anjão.

- Ai, ai... - gemeu o garoto.

- Que foi? - perguntou Deco.

- Não fui eu, juro! Só ia tocar na maçaneta pra ver se ganhava coragem. Mas antes de minha mão chegar lá...

- Tá de brincadeira! - insistiu Deco.

- Abriram sozinhas? - Prisca duvidou.

E lá de dentro, daquela escuridão fechada, veio um sopro frio até eles...

- Hálito de defunto! - sussurrou Prisca.

- Ilumina logo essa coisa, Deco - pediu Anjão.

{07} A BIBLIOTECA

Deco tinha trazido uma lanterna com três potências. Foi na mais forte, ideal para iluminar ao ar livre, que o garoto ajustou o facho. O jorro de luz amarelada fatiou a escuridão e assim os Achudos puderam ter uma boa noção de onde estavam - era a biblioteca. Era um ambiente amplo, retangular, com poucas colunas de sustentação e teto alto, embora não tão alto quanto o do vestíbulo - uns cinco metros, talvez. Tudo ali estava bastante empoeirado, mas em ordem: nada de pilhas, nada fora do lugar, como se o ambiente tivesse sido arrumado, alguém tivesse fechado as portas e nunca mais ninguém houvesse entrado ali. Havia o tal cheiro forte de mofo, empesteando o vento frio que pairava na sala e saía sabe-se lá de onde, uma vez que as janelas pareciam fechadas, com as pesadas cortinas cerradas, havia décadas. E estavam mesmo.

As estantes iam até o teto, repletas de volumes encadernados. Havia também uma escrivaninha num dos cantos, com uma cadeira e ladeada por amplas e confortáveis poltronas estofadas para leitura. Acima delas, havia dois janelões altos e estreitos, parecendo vitrais de igreja, com cimo em ângulo bojudo e convexo na ponta. Pesadas cortinas fechavam parcialmente os janelões, mas por suas brechas passava um pouco do luar. O assoalho era de ripas de madeira escura - a mesma dos painéis das paredes nos trechos onde não havia estantes.

- Nossa! - exclamou Prisca, ligando a câmera e o holofote portátil. - Se não fosse os outros... "moradores" da casa, bem que eu ia gostar de passar uns dias nesta biblioteca. Imagina só o que tem aqui de livro legal e... aiiiiii!

O grito de Prisca foi de arrepiar. Os três Achudos se agarraram uns nos outros. O facho de luz do holofote acabara de iluminar um canto, onde uma pessoa, de pé e imóvel, os observava. O corpo da pessoa - parecia um homem - reluziu. Foi quando Anjão berrou:

- Calma, gente! Olha... é uma armadura. Daquelas de cavaleiros da Idade Média.

E era mesmo. Igualzinha a um homem, parada ali, mas somente uma armadura, postada numa plataforma redonda e baixa e numa pose de quem estava prestes a descer e vir para cima da garotada. Os braços descansavam à frente do corpo, apoiados no cabo de uma comprida espada, cuja ponta se fincava na plataforma. A armadura era feita de um metal acobreado, reluzente. O elmo dava-lhe uma expressão feroz, quase homicida, com os olhos vazados, escuros, como se lá de dentro algo ou alguém os fitasse.

– Um enfeite! – disse Deco, chateado consigo mesmo, largando dos outros. – A gente tomou um susto desses por causa de um enfeite.

Os três se aproximaram, cercando a armadura. Prisca fez uma panorâmica completa em torno dela com sua câmera.

– Puxa, isso num filme ia fazer sucesso. Só vi uma coisa dessas no cinema mesmo. Já imaginou se na minha história ela sai andando por aí?

– Nem brinca! – suspirou Deco e deu as costas, olhando em volta e correndo o facho da lanterna pelos demais cantos da biblioteca.

– Bem, a Manouk não está aqui – disse o garoto. – Vamos ver as outras salas?

Quando já estavam avançando para a porta, um rangido metálico os deteve.

– Isso foi o assoalho? – perguntou Anjão, esperançoso. – Coisa de casa velha?

– Sabe... – disse Prisca, esforçando-se para manter a calma. – Não pareceu muito, não...

Nenhum dos três estava com coragem para se virar para trás. No entanto, era irresistível. Foram movendo primeiro a cabeça, depois o pescoço...

E quando se voltaram de novo para a armadura, um raio de luar descia da fresta de um dos janelões sobre ela. E mais: o elmo pairava no ar, acima das ombreiras. Virara uma armadura sem cabeça agora.

O berro dos três praticamente fez estremecer as estantes da biblioteca inteira. Não satisfeita em ter a cabeça flutuando, a armadura remexeu-se de cima a baixo e moveu-se como se fosse dar um passo à frente para descer da plataforma. Subitamente se deteve e ergueu no ar a espada, brandindo-a acima da cabeça que já não estava no devido lugar. Mais e mais berros dos Achudos, olhos arregalados cabelos em pé.

– Ele tá segurando a espada com a mão esquerda! É... canhoto! – murmurou Prisca, sem fôlego.

– E daí? – gritou Anjão. – Que diferença isso faz?

– Nenhuma! – concordou a garota, e tornou a berrar. O medo era tanto que sentiu uma vertigem.

A armadura desceu da plataforma e avançou sobre eles. Tentando debandar, os três Achudos tropeçaram uns nos outros, caindo sentados, mas continuaram recuando como podiam, arrastando-se no chão poeirento. A armadura descia a espada sobre eles e os três ergueram os braços para se proteger.

Porém, o primeiro golpe não os acertou. Nem o segundo. Nem o terceiro. Todos atingiram o assoalho, tirando lascas da madeira. Deco conseguiu então vencer seu pânico e puxou os dois amigos, rolando para o lado, fora do alcance, pelo menos por um instante, da espada da assombração canhota – que agora parecia ter perdido de vez o rumo. A coisa rodopiou, como se estivesse zonza, e deu uma trombada de peito numa prateleira, que a fez cambalear. Então, girou o corpo, emitindo guinchos enferrujados enquanto procurava avidamente suas quase vítimas.

– Ele não está enxergando – disse Deco.

– Claro que não – murmurou Anjão. – É um fantasma sem cabeça!

– Mas ele não devia estar acostumado com isso? – perguntou Deco.

– Sei lá! – disse Anjão. – Não entendo de coisa decapitada!

– Nem eu. Mas acho que a gente devia aproveitar e fugir.

A coisa continuava girando, girando, dando golpes de espada, que não acertavam nada e zuniam no ar vazio, fazendo a armadura cambalear. Num desses giros, a lâmina passou zunindo rente à cabeça dos Achudos, que se salvaram só porque Deco, que tinha reflexos apurados, os puxou para o chão. Mas Anjão ficou enfurecido:

– Agora, chega! – desafiou ele, erguendo-se. – Só porque ele não tem cabeça, quer cortar a nossa fora?!

– Anjão, seu doido! O que você vai fazer?

– Vou derrubar essa figura na marra! – rosnou o garoto, e investiu contra a armadura, atirando-se contra ela na altura da cintura.

A armadura, já meio desequilibrada, foi arremessada para o lado e caiu com estardalhaço. Uma das manoplas se soltou, revelando... que não havia nada dentro dela. Mas a coisa continuava se debatendo no chão, como se uma corrente elétrica a atravessasse.

– Vamos ajudar o Anjão! – comandou Prisca.

Ela e Deco jogaram-se sobre a armadura também, atingindo-a com chutes e socos – que doíam um bocado, já que golpeavam o metal sem nenhuma proteção. A coisa rolava no chão, de um lado para outro. Fez várias tentativas de se levantar, ora impulsionando o tronco, ora as pernas. Era como uma tartaruga emborcada, enquanto os Achudos a cavalgavam como se fosse um touro bravo.

– A espada! – gritou Deco.

A armadura havia deixado cair a espada, que era bastante pesada, diga-se de passagem. Deco e Prisca saltaram, agarraram a arma e a ergueram juntos.

- Ei! - brecou a garota. - Não quero machucar ninguém!

- Ele já está sem cabeça mesmo! Como vai ficar mais machucado do que isso? Aiiii! - gritou Anjão, que tentava se manter montado sobre a armadura quando um corcoveio da coisa o atirou longe.

- Bem observado! - disse Prisca.

Do chão, a armadura pressentiu o que ia acontecer e começou a estrebuchar no maior desespero. Prisca e Deco chegaram junto dela, ergueram a espada e desceram uma das faces da lâmina no peito da armadura. Mais um estrondo, e um amassado no metal. A coisa estremeceu uma ou duas vezes, depois se imobilizou.

E foi então que...

... Uma fumacinha parda, refletindo os raios de luar filtrados pelas cortinas, saiu da abertura entre os ombros, onde o elmo deveria se encaixar.

- Vamos sair daqui - disse Deco, mas Anjão e Prisca estavam paralisados de terror, olhos fixos na fumacinha, que agora adensava-se numa pequena nuvem, a dois metros do assoalho. Prisca conseguiu erguer a câmera.

De repente, a nuvenzinha se adensou de vez, como se houvesse se tornado sólida. E ganhou a forma de um rosto horrendo, brutal, que escancarou a bocarra para eles.

Dessa vez, os três Achudos só pararam de correr quando haviam chegado ao alto da escada. E só porque a lanterna de Deco começou a falhar justo naquele momento. Nem tinham percebido para onde se dirigiam, tangidos que estavam por aquele enorme e medonho rosto, que os perseguia, flutuando bem na cola deles.

- A lanterna... A lanterna... - gaguejou Deco.

- Eu disse... - falou Prisca, sem fôlego - que não ia subir aqui! Eu disse...

- Essa coisa... Ela vai... Vai... - berrou Anjão - nos pegar!

A nuvem se expandiu, perdeu a forma de rosto e virou fumaça outra vez, projetando-se sobre eles, envolvendo os três por instantes numa bruma gélida, que pareceu atravessá-los. De olhos fechados, eles berravam, descontrolados, sentindo aquela coisa roçar na pele deles. Mas a sensação durou um segundo somente: a fumaça passou por eles, depois se tornou um vórtice, cuja ponta mais fina se enfiou numa fenda entre dois dos painéis de madeira que cobriam a parede ao lado deles.

Os Achudos tombaram, como se a fumaça, ao atravessá-los, tivesse provocado neles um curto-circuito, esgotando suas forças. Estavam num corredor comprido e escuro. Nas laterais, havia uma fileira de portas, todas fechadas. De repente, a lanterna de Deco voltou a brilhar, como se a bateria tivesse se recuperado sem explicação.

- A coisa... entrou na parede... Eu vi... - disse Deco, iluminando aquele ponto entre os dois painéis de madeira.

- Duvido que você tenha ficado de olhos abertos! - exclamou Prisca.

- Só um pouquinho... - o garoto se ergueu e começou a examinar a parede com os dedos. - Aqui, entre esses dois painéis. Tá entrando um vento frio. Acho que é uma passagem secreta.

- Que a gente, se for esperto - disse Prisca, puxando o garoto -, ao contrário dos otários dos filmes de terror, vai deixar continuar secreta! Vamos embora enquanto estamos vivos!

Tarde demais. A parede estalou sob os dedos dos garotos, e se abriu. Eles gritaram assustados e caíram para trás, sentados no chão. Continuaram gritando, enquanto uma luminosidade avermelhada e trêmula saía não sabiam de onde e subia, subia...

Os três Achudos já estavam espremidos contra a parede oposta, quando, primeiro, apareceu um castiçal com uma vela e, em seguida, a mão que o segurava.

Já era tanto o medo que nem gritavam mais. Agarrados, mudos, sem conseguir nem sequer respirar, os três viram a coisa surgir de dentro da passagem secreta.

Então, Anjão a reconheceu:

- Manouk!

Era mesmo a garota. Com um ar sonâmbulo, cambaleante, e com o castiçal na mão. Os três amigos conseguiram se levantar e correram para ela, fazendo mil perguntas. Mas Manouk não estava em condição de responder. Era como se não entendesse nem o que estava acontecendo, nem como viera parar ali.

- Ela está enfeitiçada - disse Prisca. - Ou mal-assombrada! Sei lá como se diz isso.

- Manouk! - Anjão chamou, aflito, abraçando a amiga. - O que aconteceu com você?

{08} MONSTROS

De todos os legítimos descendentes dos habitantes do Hades de Homero, meu monstro favorito é Carmilla, criação do irlandês Sheridan Le Fanu, de 1872. Principalmente as linhas finais dessa história, em que Laura, assombrada pela vampira Carmilla, que agora está morta (mas não totalmente), confessa:

"... ainda agora, a imagem de Carmilla retorna-me à lembrança com ambíguas alternâncias - certas vezes, a alegre, lânguida e linda moça; noutras, o medonho demônio que vi nas ruínas da igreja; e com frequência, ainda, num delírio, imagino que escuto seus passos suaves junto à porta da sala de estar."

Ah, que delicioso encerramento de uma gloriosa história! Aliás, um encerramento que de modo nenhum encerra a trama... ou o terror!

O monstro, fisicamente falando, está morto; mas sua vítima o carrega consigo, mesmo assim. Carrega-o para seus sonhos. Como se sentisse sua falta, ou não pudesse viver sem ela... E algo nos sugere que Carmilla, ou seu fantasma (o fantasma de uma vampira deve ser uma criatura magnífica!), será sua companhia para todo o sempre.

Não é à toa que Le Fanu foi a base sobre a qual Bram Stoker compôs sua grande criação, o supremo vampiro, o supremo monstro da literatura: Drácula.

Ah, monstros! Mr. Hyde, Drácula, a criatura do Dr. Frankenstein... Soberbos senhores das trevas, que, como penso que vocês estejam descobrindo, caros Achudos, existem dentro de nós mesmos.

E, assim como Carmilla para Laura, nos são indispensáveis. Ao mesmo tempo que nos apavoram, nos fascinam e nos seduzem.

Pelo menos, essa é a magia do monstro no gótico romântico.

Bem, deixe-me explicar melhor do que estou falando.

Primeiro existiram os godos, povo brutal e belicoso, que nos séculos iniciais desta era atormentou as fronteiras do Império Romano. Não se sabe por quê, mas o nome "gótico", que vem de "godo", passou a denominar o estilo arquitetônico dos castelos e catedrais por volta do século X, um estilo com interiores de vãos altos, arcadas com ápices côncavos, recuos escuros e torres pontudas sobressaindo-se dos telhados dominados por gárgulas - semelhantes às adoráveis criaturas de pedra que ornamentam o telhado deste Casarão.

No século XVIII, buscando retomar o passado - e, em certos casos, ostentando uma antiguidade e uma tradição que não possuíam - vários países construíram castelos, igrejas e prédios - como universidades - no mesmo estilo. Um *"revival"* do gótico. Como se o estilo antigo, digamos, saltasse da tumba... No entanto, tão pouco sólido quanto a sua história, muitos desses prédios se transformaram em ruínas menos de um século depois.

Corria então na literatura a moda do romantismo, com sua morbidez que fazia histórias de amor terminarem em cemitérios e alminhas de apaixonados, separados em vida, se reunirem no além-túmulo. Com sua curiosidade pelos recantos recônditos do espírito humano, pelo terror que um olhar para dentro poderia revelar, pelo que não se queria enxergar...

E foram naquelas ruínas do *revival* gótico que se ambientaram histórias em que os maiores segredos do ser humano, os mais ocultos, eram expostos por metáforas, na forma de imagens da contraparte absurda dos viventes: os monstros.

A primeira se chamou *O castelo de Otranto* - uma história gótica, escrita por Horace Walpole e publicada em 1764. Passa-se em um castelo em ruínas, com subterrâneos tenebrosos, mergulhados nas trevas, fantasmas e antigas maldições de família. Foi esse romance que inspirou o nome do gênero ao qual me orgulho de pertencer. Estou em honrosa companhia...

Como a do monstro de *Frankenstein*, publicado por Mary Shelley em 1818. Seria ele uma aberração? Uma criatura que ganhara vida não pela ação natural, mas pela ousadia imperdoável de um cientista, Victor Frankenstein? (O qual acabou - algo que o horrorizaria - tendo seu nome a contragosto atribuído à sua criação, como um pai a um filho!). Victor Frankenstein imprudentemente inventou de costurar pedaços de cadáveres roubados de sepulturas e reativá-los com corrente elétrica - cujas propriedades, naquele tempo, eram mais desconhecidas do que o são hoje em dia. Mais do que um monstro, Frankenstein era também a afirmação da soberba humana. Da vaidade de compartilhar com os poderes celestes da criação.

Ah, soberba, vaidade, temeridade, imprudência diante do inominável... Tudo isso é tão saborosamente humano, que me causa um frenesi emocionado.

Aliás, a jovem Mary Shelley escreveu, em um prefácio à primeira edição do seu livro, que o que pretendia era criar uma história "que tocasse os medos mais misteriosos, os que estivessem escondidos mais profundamente em cada um de nós, e que provocasse um horror que o leitor jamais tivesse sentido antes, capaz de fazê-lo procurar com os olhos algo que imaginaria estar junto de si, sentir seu sangue congelar-se e seu coração disparar loucamente".

Um belo e nobre propósito, não acham?

A seguir, citaremos Mr. Hyde, o monstro contraponto do Dr. Jekyll, em *O médico e o monstro*, obra de Robert Louis Stevenson, publicada em 1886. Hyde era tudo que o comedido súdito da rainha Vitória (a mais autoritária, rígida e austera soberana de sua época), o aristocrático e supercivilizado Dr. Jekyll, não poderia ser. Hyde era brutal, inescrupuloso, cruel, mentiroso, cínico. Um vilão. Já o pobre e educadíssimo Dr. Jekyll não pôde resistir (nem sobreviver) à atração pelo seu alter ego.

(Aliás, uma fofoca do mundo do terror: dizem que não foi por acaso que Stevenson colocou nesses personagens os nomes de Hyde, cuja pronúncia alude ao verbo *hide*, "esconder", em inglês; e Jekyll, que bem pode ser uma brincadeira misturando francês e inglês: *je* ["eu" em francês] e *kyll* [semelhante ao verbo *to kill*, "matar" em inglês], criando um nome que quer dizer "eu mato". Stevenson é autor também de *A ilha do tesouro*, o melhor romance pirata de todos os tempos, com um vilão, Long John Silver, que só fica a dever aos monstros góticos por ainda estar na história na condição de vivente. Fim dos parênteses.)

E finalmente, a estrela, Drácula, de Bram Stoker, cujo romance homônimo foi publicado em 1897, é o inumano, o morto-vivo, o mais terrível dos monstros. Para ele, os viventes são meras bolsas térmicas de sua refeição. Por outro lado, é imortal. Não é tentador? Quem ao mesmo tempo não teme um vampiro, mas deseja ser mordido por um?

Cada monstro tem seu charme. E esse é o segredo dessa grande literatura.

Eu não tenho meus atributos? Sou o rei das aparições macabras, quem ousa negar? Não me venham falar em atrapalhações, percalços naturais que são de pouca monta diante do meu brilhante desempenho como Conde Decapitado! Ora, tropeços, quem não os comete? E o final da cena, a cabeça de plasma fumarento? Genial, não foi, Achudos? Muito criativo, não? Garanto que os fez tremerem até nas entranhas. Que o diga essa sua amiga, que experimentou meus talentos mais de perto. Manouk, querida, você será, entre os Achudos, minha favorita. Diga a eles... Diga agora...

Ou se cale para sempre!

Sir Simon de Canterville

{09} NA CRIPTA

Manouk, carregada para o andar de baixo por seus amigos, ainda gemia, como se estivesse tendo um pesadelo.

Relembrando a cena...

Um *flashback*, como se diz...

Os Achudos haviam acabado de pular o muro da propriedade Ótis e avançavam em direção ao Casarão, quando de repente se deram conta de que atravessavam um cemitério. Na verdade, um pequeno agrupamento de lápides, com uma cripta de pedra no centro.

E o quiproquó foi justamente nessa cripta.

Houve aquela súbita lufada de vento e, no que os Achudos se viraram, a porta da cripta estava aberta. Bem escancarada. E olha que o vento soprava de fora para dentro - nunca poderia forçar as dobradiças da pesada porta de ferro da cripta, que se abre de dentro para fora. Seria preciso que o vento soprasse lá das profundezas...

Justamente de onde, em certo momento, começou a subir uma claridade avermelhada, como se fosse uma chama (ou um castiçal, com uma vela, igual à que Manouk traria ao ressurgir).

Em seguida, uma sombra se projetou lá de dentro para a frente da cripta e um som de passos subiu as escadas de pedra. Os Achudos então perceberam uma coisa estranha: a sombra tinha a forma de uma pessoa... uma pessoa sem cabeça.

Começaram a correr cada um para um lado e se juntaram de novo só quando já estavam na porta do Casarão.

Menos Manouk. Que desapareceu, depois desse susto todo, e só foi reaparecer no segundo andar do Casarão, atravessando uma passagem secreta por onde havia acabado de se evaporar a fumacinha da assombração que vinha perseguindo os Achudos pela casa.

Daí... Manouk, como os demais Achudos, nem viu para onde ia enquanto fugia da aparição. Então, avançou por cima do túmulo cuja laje havia acabado de rachar, com um estrondo que assustara um bocado a turma. Quando pisou na laje rachada, o chão cedeu aos seus pés, e ela afundou. Foi tragada por um buraco escuro, um túnel em descida, como um tobogã, até ser atirada no chão frio. Desmaiou. Melhor assim, porque senão ia perceber que tinha ido parar no fundo da cripta. E, pior: que havia uma criatura, um homem vestido com roupas de séculos atrás, rosto muito pálido - pelo menos, havia colocado sua cabeça de volta -, olhos fundos, todo transparente e pairando no ar, esperando ansioso para lhe dar as boas-vindas.

Iluminado por uma vela, o interior da cripta era todo de pedra. Parecia muito maior - sobrenaturalmente maior - do que se percebia do lado de fora. Como se o portão da construção lúgubre e suas não menos funestas escadas descessem ao salão de uma caverna subterrânea. Nas paredes, embutidos, havia gavetões fechados - e ainda bem que estavam fechados. O piso era de mármore negro. O teto era alto e abobadado.

O fantasma - Sir Simon de Canterville - dava voltas sobre Manouk, ensaiando como iria se apresentar. Finalmente, a garota remexeu-se, abriu os olhos...

Mas, quando deu com a assombração pairando sobre ela, não precisou de apresentação alguma para entender o que era aquilo. Engasgou, como se a garganta se fechasse, e caiu para trás, desmaiada de novo.

- Mas assim não é possível! - resmungou Sir Simon.

Lá fora, o vento uivava, como se estivesse tão impaciente quanto o fantasma.

{10} UM FANTASMA SOLITÁRIO

O que são as criptas se não os vestíbulos do Hades? E, aliás, falando em vestíbulos, o que são eles, nas mansões abandonadas, se não o aposento em que o vivente é introduzido para que o terror possa, às escondidas, oculto nos cantos, observar quem foi atraído para suas garras? Muito convenientes, criptas e vestíbulos. Em ambos os casos, o espectador ou o leitor já é lançado na agonia de compreender que a vítima está perdida. E isso sem precisarmos, ainda, empregar nenhum dos recursos que temos para assombrá-lo.

Sir Simon de Canterville

Deco e Prisca voltaram para junto de seus amigos, com cara desolada. Estavam de novo no vestíbulo, ao pé das escadarias, enquanto Manouk sentava no chão, recostada num dos painéis de madeira de uma parede, e Anjão, acocorado junto dela, a amparava. A garota ainda estava pálida e mal conseguira dizer qualquer coisa. Para poupar as baterias da lanterna e do holofote, a única iluminação que usavam era a da vela, no castiçal que Manouk trouxera quando saiu da tal passagem secreta, no andar superior. As chamas lançavam perturbadoras sombras dançarinas nas superfícies em volta deles.

- A porta da frente está emperrada! - disse Prisca. - Não conseguimos abrir de jeito nenhum. Vai ver bateu com o vento.

- O vento não ia ter feito a porta emperrar - disse Deco, sombrio, enquanto acocorava-se também junto de Manouk, já tirando das costas a mochila, de onde puxou seu cantil.

De todos os Achudos, Deco era o único que ainda mantinha consigo o equipamento que trouxera. Os outros foram largando quase tudo pelo caminho, sem nem perceber que o faziam, numa fuga após a outra.

- Como você está? - perguntou Deco, preocupado.

- Sei lá... - murmurou Manouk. - Tô viva ou é engano meu?

- Parece viva, só que meio pálida. Mas pode ser de tanto levar susto - disse Prisca. - Isso se você não virou assombração.

- Não garanto, não muito - disse Manouk, estremecendo.

Deco disse, então:

- Parece que estamos todos vivos, por enquanto...

- Por enquanto? - indagou Manouk, estremecendo mais ainda.

- Estamos presos aqui dentro - explicou Deco, oferecendo o cantil. - A porta da frente não abre e não encontramos outra saída. Aqui, beba um gole de água... Mas devagar, certo?

- Já consegue contar o que aconteceu com você? - perguntou Anjão.

- Acho que sim - respondeu Manouk, ajeitando um pouco o corpo. De repente, seus olhos se arregalaram, como se o que acabara de lembrar a tivesse assustado. E, na verdade, foi isso mesmo. - Eu... vi o fantasma!

- Hem? - exclamaram os outros três Achudos.

- É Sir Simon de Canterville - disse Manouk. - Nós conversamos. Ou melhor, ele falou sem parar. Adora falar.

- Peraí! Ele é o fantasma de *O fantasma de Canterville*? - disse Prisca, incrédula. - Do conto do Oscar Wilde?

- Mais ou menos... - respondeu Manouk. - Eu percebi uma coisa: ele é um bocado sozinho. Não tem com quem conversar há muitos anos. Daí, fala à beça, sem conseguir se controlar.

- E eu com o problema dele? - chateou-se Deco.

- E como um fantasma da literatura pode estar aqui, dando sustos de verdade na gente... e querendo acabar com a nossa raça, se não me engano? - disse Prisca, com um calafrio.

- Isso eu não descobri - respondeu Manouk. - É um mistério mesmo, mas...

- E essa história de fantasma é meio furada! - cortou Anjão. - A gente pode chamar assim para simplificar, mas ele é uma interação quântica!

- Não adianta reclamar comigo, cara! - replicou Manouk. - O fantasma existe mesmo. Eu vi! Conversei com ele. Lá na cripta.

- E o que ele disse? - interessou-se Prisca, ligando a câmera e apontando-a para Manouk.

* * *

- O terror que pega o leitor mais desprotegido nasce da inocência - foi dizendo Sir Simon, logo que Manouk abriu os olhos. A garota começou a piscar, desorientada. - Não se atreva a desmaiar de novo, mocinha!

- Tá... tá bem... - gaguejou Manouk.

- Continuando minha explanação - disse o fantasma, satisfeito -, é quando o terror brota de onde menos se espera, às vezes até mesmo da inocência, da virtude e da ingenuidade, que pega os viventes da maneira mais intensa. Ah, os viventes, sempre a acreditar que as qualidades morais ou espirituais, ou mesmo a beleza mais pura, protegem alguém do terror. Assim, fica quase sem graça iludi-los. Basta colocar na história duas lindas criancinhas. Faça o leitor se enternecer por elas... E, de repente, transforme-as em monstros! Ou quase isso! Nada poderia ser mais brutal para a consciência de um vivente. Nada teria efeito mais aniquilador sobre suas noções de justiça no mundo, de que algo estaria a salvo do mal! É o truque de Henry James, em *A volta do parafuso*, de 1898, contemporâneo do Drácula. Henry James chegou a escrever, na introdução: "Se uma criança produz muito efeito", como fonte do terror numa história, entenda-se, "o que não dizer de duas crianças?". Sim, tanto melhor, minha cara. E há também um escritor recente que tenho admirado bastante. Um tal de Stephen King, que escreveu *O cemitério maldito*. Ambos com o truque das criancinhas!

- Peraí! - exclamou Manouk, levando um susto. - Tem algo errado aqui!

- O que foi, garota? - riu-se o fantasma. - Pensou que eu não estivesse antenado no seu mundo de hoje? Ora, dou minhas saidinhas de vez em quando. Adoro ver rostos se contorcerem de pavor no escurinho dos cinemas. Não que eu faça isso com frequência, mas uma vez a cada cinco ou dez anos é o suficiente. Então, como eu dizia...

- Quem é você?

- Ora, sou Sir Simon Canterville. Pensei que você já soubesse.

Manouk arregalou os olhos. Era inútil perguntar se ele era realmente um fantasma - como se fantasma pudesse ser real - ou realmente qualquer coisa que fosse. Ou como quer que se pudesse expressar algo assim, tão insólito, tão esquisito, que juntasse fantasmas e realidade numa frase. Além do mais, a resposta estava na cara, ou melhor, na palidez do rosto dele. Na transparência dele. Na flutuação dele, solto feito uma bolha no ar.

- Mas, você não é só um personagem? A Prisca já leu o seu livro.

- E você, não?

- Bem, eu não gosto muito de histórias de terror.

- Ora, começo a acreditar então que capturei a Achuda errada!

- Mas o senhor existe de verdade? Quer dizer, sei lá, que confusão!

- Garota! - cortou Sir Simon, exasperado. - Não lhe devo explicações! Ou você escuta o que quero lhe dizer, ou, bem, preciso mesmo dizer?

– Não, fique à vontade.

– Você também, esteja em casa.

– Mas estamos numa cripta! – protestou Manouk.

– E aqui é minha casa – disse Sir Simon, com naturalidade. – Bem, estávamos falando de monstros... Na literatura de terror, há os que são monstros por natureza e os que se transformam em monstros. E essa segunda espécie é que mais apavora, sabia? Principalmente quando os viventes não acreditam que a criatura possa se tornar um monstro, como no caso citado, o das criancinhas possuídas, ou que viram zumbis. Ora, veja o que acontece na simplória mente dos viventes: se uma criatura que não nasce monstruosa, mas inesperadamente (para o vivente, que não concebe que tal coisa seja factível) se torna um monstro, então... Então... Adivinhe!

– Olha, Sir Simon, me desculpe, mas fico meio... sufocada aqui dentro. Será que a gente poderia dar um passeiozinho lá fora?

– Tsc, tsc! Imagine você dentro de um caixão!

– Não! – gritou Manouk, mas logo em seguida emendou: – Mas eu estou me imaginando num caixão. Aqui dentro parece que eu tô enterrada! Esse é o problema.

– O seu problema, mocinha! O meu, ou melhor, o problema que tenho a lhe propor é que a literatura de terror, quando começou a explorar os monstros que se tornam monstros sem terem nascido monstruosos, abriu seu leque, entende? Então, qualquer um poderia se tornar um monstro. Você. Eu.

– O senhor? Quem diria?

– Sem ironias, Achuda! Sim, eu. Além do próprio ser que lê. Nem a inocência protegeria ninguém. Bram Stoker já havia ousado nessa área ao colocar Drácula para contaminar Mina Harker, a esposa virtuosa de Jonathan, um dos mocinhos da história. E Henry James extrapolou de vez, em *A volta do parafuso*. Sabe de onde essa estripulia veio? Sabe?

– Sei é que o senhor vai me dizer... Ai, que cheiro aqui dentro!

– Cheiro? Oh... Você sente cheiros? Tem... olfato! Que peculiar! Bem, essa maquinação literária, no meu entender, foi inspirada por um escritor americano que viveu apenas quarenta anos, entre 1809 e 1849, e que produziu alguns dos melhores contos de terror da literatura. Edgar Allan Poe!

– Esse eu conheço! Já li um conto dele no qual um cara mata outro, sepulta o corpo debaixo do assoalho, daí começa a escutar o coração do morto bater cada vez mais alto, até que...

– "O coração delator". Uma obra-prima. Daí a pergunta sem resposta: o coração do morto, que nada mais bombeia, um músculo que não mais se contrai, já apodrecendo no interior da carcaça da vítima, está mesmo produzindo um batimento que somente ele, o assassino, escuta, e isso o enlouquece... Ou ele imagina que o coração, pelo qual já não passa sangue, bate, porque é um louco?

– Posso responder por *e-mail* depois que voltar para casa?

– E há ainda "O corvo", o poema no qual uma ave surge a um indivíduo que chora a morte de sua amada para lhe dizer que "Nunca mais" ele a verá... "Nunca mais"... "Nunca mais!", repete o corvo, infinitamente. É a anulação de toda a esperança! É a desolação! Mas o corvo fala ao desespero do jovem? Ou seu desespero o faz ouvir uma voz, que tão apropriadamente responde à sua angústia, vinda daquele corvo que entra voando em seu quarto? Assim, Poe dispensou os monstros para produzir o terror. E o efeito é o leitor perguntar se há um monstro dentro de seu próprio espírito... De sua mente! Tão excitante terror, e obtido sem nem um monstro sequer! Sem nenhum monstro explícito, quero dizer. Um prodígio da criação literária! Não que eu deixe de apreciar meus confrades, mas que elegância a desse Poe! Que economia de recursos! Eu, que tanto me esmerei na criação de horrendas assombrações, as quais, a propósito, levaram tantos viventes ao suicídio e à perda da sanidade, sinto grande inveja de Poe. Bem, cada qual com seu estilo, não é mesmo?

– Seu Simon, por favor, juro que estava aqui somente de passagem e...

– Poe consegue semear o terror ainda mais profundamente no seu leitor, fazendo-o duvidar da realidade, criando a incerteza, fazendo-o imaginar se tudo – tudo! – no universo pode mesmo acontecer!

– Como, por exemplo, o senhor estar aqui me falando sobre literatura? Um fantasma, ou melhor, um personagem fantasma? Ora, se isso está acontecendo, então tudo é mesmo possível! Juro que acredito. Agora, se o senhor me liberar...

– Ora – disse Sir Simon com um sorriso –, eu não estou somente falando, mocinha. Não! Todo esse tempo, observei você e seus amigos. É necessário conhecer nosso público, concorda? Para saber como... emocioná-lo. Além disso, estou preparando você e seus amigos para poderem aproveitar plenamente uma experiência que me encontro prestes a lhes oferecer.

– Uma experiência? De... terror?

– E de que outra espécie seria?

Dizendo isso, o corpo transparente de Sir Simon comprimiu-se, depois se torceu, até que se transformou numa bocarra disforme, má, raivosa. E o urro que soltou fez Manouk perder a consciência de novo. Ou quase. A próxima lembrança que tinha era de estar caminhando num corredor apertado e comprido, com o castiçal e a vela na mão.

Na vila, circulavam histórias de que existia um labirinto subterrâneo, ocupando quase toda a extensão da propriedade. Talvez fosse onde ela estava agora. Não sabia como fora parar ali nem para onde ia.

Nenhuma ideia se fixava em sua mente. Sentia-se zonza, meio sonâmbula, incapaz de pensar. Só conseguia andar, seguir adiante. Às vezes, o corredor fazia curvas, noutras subia ou descia. Até que, de repente, escutou um estalo forte numa parede junto da qual ia passando, que se abriu. Então, primeiro a claridade e depois um facho de luz ofuscou de vez seus olhos.

{11} O PRINCÍPIO DA INCERTEZA

– Acho que foi minha lanterna! Desculpe, Manouk – disse Deco.

– Peraí! Peraí! – exclamou Prisca, inconformada. – Deixa ver se entendi, amiga. Esse fantasma é Simon de Canterville, um personagem de Oscar Wilde, na novela *O fantasma de Canterville*, que veio parar aqui, no Casarão Ótis, Brasil, século XXI, um casarão construído por um sujeito que tinha o mesmo nome da família que havia comprado o Castelo de Canterville, no conto do Wilde, publicado em 1887, e que mandou fazer o castelo com a mesma arquitetura das casonas das histórias de terror, com direito a cemitério, passagem secreta e tudo o mais. Mas como Sir Simon, de personagem, se transformou num fantasma...

– De verdade? Foi nessa parte que me enrolei – confessou Manouk.

– Verdade, mentira... Ora! Digamos assim... é um fantasma assombrando a gente pra valer aqui no nosso mundo.

– Ou no nosso universo! – emendou Anjão.

– Hem? – exclamou Deco. – Lá vem esse papo doido de novo.

– Eu já expliquei pra vocês! Os diferentes universos do multiuniverso podem interagir um com o outro a qualquer momento. Uma partícula de um pode passar para outro. Isso é mais doido do que acreditar em assombrações?

– Tá, mas mesmo que isso seja um mistério do cosmos – pensou Deco em voz alta –, será que do universo da literatura também tem uma passagem...

– Uma interação quântica – corrigiu Anjão.

– Uma interação quântica da literatura no nosso mundo? Isso não é possível! – completou Deco.

Prisca soltou um suspiro e disse:

– Ô, Deco! Você não tá vendo o que tá acontecendo por aqui desde que a gente entrou neste Casarão?

– Mas peraí! – disse Anjão. – Assim não vale. Isso aí é um enredo de história de fantasia, não uma especulação científica. A literatura e todos nós estamos no mesmo universo físico, ora! Só se... Só se o que for literatura num universo não for em outro. Que tal?

– E que tal se a gente estiver ficando maluco? – replicou Deco, irônico.

– É isso! – disparou Manouk.

– Isso o quê? – perguntaram os outros três, em coro, voltando-se para ela.

– Foi o que ele disse que acontecia nas histórias do Edgar Allan Poe!

– Puxa, adoro os contos dele – disse Prisca. – São bem assustadores, tipo aquele do cara que é emparedado vivo e... – ela engasgou. – Bem, quer saber? São umas histórias que não vale muito a pena lembrar neste momento.

– Sir Simon disse – prosseguiu Manouk – que os contos de Edgar Allan Poe fazem a gente entrar na incerteza. Acho que isso significa duvidar se somos capazes de dizer o que é real e o que não é. Daí, o terror pega a gente lá no fundo, entra na mente da gente e... Vai ver que o que vale na física e na cosmologia vale também na literatura! Tudo fica meio na incerteza... Puxa, viajei legal agora. Essa história está endoidando mesmo a gente, sabia? E isso é bem Edgar Allan Poe, segundo Sir Simon. Então...

– Chega! – exclamou Prisca. – Eu já entendi! Mas o grave mesmo é que a gente não consegue nem sair desta casa. Fomos pegos numa ratoeira por um fantasma que quer fazer a gente viver uma experiência, é isso que ele disse, o peste?

– Mas essa história de experiência era minha – protestou Anjão. – Eu é que ia fazer com ele.

– O jogo virou, amigo, alô! Acorda, tá? – disse Prisca.

– Minha nossa! – Manouk levou um susto consigo mesma. Todos se voltaram de novo para a garota. – Desculpem, é que acabei de pensar numa coisa terrível. Bota terrível nisso, gente! E se... Bem, eu senti que ele era muito solitário, lembram? Solitário à beça.

– Como disse o Deco, e nós com isso? – disparou Prisca.

– Mas e se o que ele quer com a gente... e se o que ele quer... é... companhia? Alguém para ficar com ele, aqui... para sempre?

Os Achudos arregalaram os olhos quase ao mesmo tempo.

– E o que a gente faz? – lançou Deco, depois de alguns instantes.

Nesse momento, soprou um vento gelado, novamente vindo não se sabe de onde, que acabou apagando a chama da vela. Deco apressou-se em ligar a lanterna. E foi aí que um gemido ressoou nas paredes, como se estivesse saindo das entranhas do Casarão.

E começou a se aproximar um rangido áspero, metálico...

– Correntes! Sendo arrastadas – Prisca adivinhou no ato. – No conto, esse é um dos números prediletos dele!

Mais e mais perto. Raspando as vigas acima dos Achudos, roçando as paredes, fazendo o assoalho estalar. Mais e mais perto, quase já despencando da escuridão que ocultava o teto.

Os quatro, emudecidos, trocaram olhares, como se dissessem uns para os outros (sem que fosse necessário dizer) que não tinham cara para negar – esse astro era Sir Simon de Canterville.

{12} SOBRE O MEDO

Ah, o terror! Que outro reino da literatura terá explorado algo tão básico, tão fundamental no ser humano? Ora, o Hades era o maior terror dos gregos porque negava tudo o que mais prezavam no dia a dia; a memória, a luz solar, esses eram os fundamentos da civilização grega, eram tudo de importante no modo como os gregos se entendiam no mundo...

Nossos pesadelos são nada se não os reencontramos quando estivermos acordados.

Embora tanto se procure negar esse fato, sabemos que isso acontece com frequência, e que eles exercem uma grande fascinação sobre nós. É por isso que essas histórias que lemos, nos submetendo às mais desagradáveis sensações, a encontros e reconhecimentos de nós mesmos que preferiríamos - me perdoem a ironia -, que preferiríamos ver “sepultados”, é por isso, como eu dizia, que essas histórias são insubstituíveis. É o mesmo efeito exercido sobre nós quando curvamos nossa imaginação aceitando a ameaça de um vampiro. Queremos que ele, ou ela, nos morda, embora isso ao mesmo tempo nos apavore. Como uma blasfêmia pode ser capaz de gerar a vida, mesmo que da maneira mais torpe? E se esse poder nos horroriza, por que passamos a almejá-lo? Sem escrúpulos, culpa ou remorso... Não importa qual regra social, qual convenção, qual princípio de decência ou de tolerância rompamos... muitos não conseguem resistir a tal oferta.

Pois aí temos Drácula, Frankenstein, Mr. Hyde.

E há outros...

Lord Ruthven, de Polidori, o primeiro vampiro da literatura inglesa, apareceu pela primeira vez num conto de 1819. Tinha como prazer supremo corromper a virtude, e talvez essa sede lhe fosse mais voraz que a do sangue. Foi uma grata influência para Le Fanu e Stoker, além de ter se tornado um modismo, com vários aficionados, na Europa depressiva, ociosa e noturnal da época.

Ora, aqueles que se perguntam até hoje por que Chapeuzinho Vermelho deu ouvidos a um canastrão maldoso tão óbvio quanto o Lobo Mau também estranharão que a vítima atravesse a porta aberta e entre no antro do monstro, ou que acabe ela mesma cometendo atrocidades que lhe devorarão o espírito? Que se transforme, quem sabe não de todo contrariada, num monstro? Não creem em mim? Será mera ironia deste fantasma há séculos privado de sua humanidade? Talvez...

Mas, se uma tentação tão obviamente má, que, de modo igualmente óbvio, somente pode pretender nossa perdição, é capaz de nos tentar - e peço desculpas pela repetição -, como confiar em nós mesmos, em nosso discernimento? Existe discernimento diante do que nos aterroriza?

Então, como não temer a possibilidade de cedermos à tentação letal?

Como a que ocorre a Fausto, grande personagem do alemão Goethe, autor-pilar do Romantismo, que aparece em 1808; e sua versão ainda mais macabra, composta por Christopher Marlowe em 1604, contemporâneo de Shakespeare. Em ambos, é Fausto que procura o demônio e troca sua alma eterna por conhecimento, riqueza, intensos casos amorosos e glórias terrenas. Mas, no fim, foi levado ao Inferno!

Sim, são muitos os exemplos a nos pontificar que não cedamos às tentações...

Mas, enfim, considerem agora o medo de morrer ou então, o medo em relação à morte. Não é esse o terror, mais do que ancestral, inerente à nossa origem? E a proximidade da morte, ou da criatura morta, ou quase morta, não é a fascinação subjacente a esse terror? Seria uma tentativa de desafiar o medo? De constatar se aquilo de que temos medo pode mesmo nos destruir?

Ou, quem sabe, o medo possa acabar conosco? Simplesmente o medo. Puro medo. O sangue correndo mais depressa do que suportam nossas artérias, do que comporta nosso coração, até que algo se rompa e...

Ou o que ameaça se romper é o fio de seda que prende nossa mente à sanidade?

E, se o fio se romper, mergulhamos, afundamos, somos tragados... pelo nosso medo! Que medo pode ser pior do que o nosso medo?

Rááá!

E não serão a riqueza, a glória e todas as outras tentações terrenas paliativos para nossa condição mortal? Para a inevitabilidade da morte e nossa debilidade em aceitar esse fato? Que preço estamos dispostos a pagar para afugentar a morte? Que ilusão estamos propensos a acatar, para tal fim? E pagaremos esse preço mesmo quando há um tanto de mórbido nele e na existência a que ele nos sentencia?

Tente responder a isso, minha querida!

Para saber quem e o que somos, temos de nos perguntar do que temos medo.

E talvez tenhamos medo principalmente de nós mesmos. Do que é capaz o recôndito que nos habita.

A literatura nos oferece uma experiência nesse domínio do qual saímos com algumas imagens, metáforas - jamais respostas, a não ser provisórias - para o enigma. Entretanto, ao contrário de todos aqueles personagens que foram subjugados por suas danações, a literatura nos permite experimentar nosso medo e sair incólumes da experiência.

Pelo menos, preciosos Achudos, na maioria das vezes.

E tem razão essa sua amiga, a sensível Manouk. Já vivi sozinho tempo demais. Como devem saber, assassinei minha esposa, minha rabugenta companheira, e, como punição, fui acorrentado pelos irmãos dela às masmorras de meu próprio castelo para morrer de fome e sede. Lá se vão mais de quatro séculos.

Revivido pelo escritor irlandês que fez de mim chacota e vítima dos diabretes em forma de gêmeos, Estrelas e Listas, breve foi minha alegria - somente um curto passeio com a mocinha da história, a jovem Virgínia, pelo Jardim da Morte (passeio, aliás, cujos detalhes ela jamais confidenciou a ninguém; nem, por questão de modéstia e cortesia, me é permitido revelá-los). Para os demais Ótis, ela esteve sumida, por aqueles breves momentos, nada mais. No entanto, foi esse o meu momento mais prazeroso naquele conto. Que, inclemente, teve como desfecho o meu desaparecimento.

Eu me fui... E isso deixou a todos felizes. Todos os viventes, digo.

O relevante nisso é que, no imenso saldo de minha condenação, tenho vagado, solitário, num limbo. No meu Hades.

O Hades. Cada qual tem seu Hades. Cada qual tem seu terror. Sim, já mencionei isso, ou não?

Mas passemos a assuntos mais importantes neste momento.

Tenho bastante a oferecer. Prazo de validade infinito, acesso ilimitado... Ora, esse acesso permite que meu humor seja muito atualizado, o que deixa tudo mais divertido.

Reza uma profecia que somente terei paz quando encontrar alguém que, conhecendo as decorrências da própria escolha, me aceite. O que digo é que a imortalidade de um fantasma e sua capacidade de vencer as limitações físicas dos viventes para se manifestar em lugares diversos, para se mostrar presente nos momentos e lugares mais surpreendentes, sem barreiras, paredes nem portas e sem sequer dever subserviência à lei da gravidade, podem ser consideradas por muitos uma dádiva.

E não peço tanto assim em troca, não é?

Sir Simon de Canterville

{13} FANTASMAGORIAS

– Ele vem vindo! – pressentiu Manouk, arrepiando-se. – Ele vem... me buscar!

– Mas se é isso que ele quer – raciocinou Anjão –, por que não ficou com você de vez? Por que deixou você voltar para nós?

– Sei lá, Anjão! – disse a garota, agarrando-se ao amigo.

– Olha! – alertou Deco. – Essa não é a hora de ficar questionando nada! Temos mais é que fugir dessa casa. É como a Prisca disse, isso aqui virou uma ratoeira...

– E os ratinhos somos nós – completou Prisca, seus olhos arregalados, elétricos, voltados para a direção de onde chegava o rangido das correntes sendo arrastadas pelo chão.

– Mas... – protestou Anjão, que no fundo não estava de modo algum conformado com a existência do fantasma.

– Escuta aqui, Anjão – ralhou Prisca –, vamos fazer o seguinte: você fica aqui e faz as perguntas que quiser a ele. Pessoalmente. Vai até distrair o Sir Simon, e enquanto isso a gente aproveita para escapar.

– Escapar para onde? – perguntou Deco, com seu olhar correndo os cantos do vestíbulo.

– Tem uma saída – disse Anjão, vencendo a irritação com Prisca. – Só uma...

Os três outros Achudos entenderam no ato do que o amigo estava falando, e seus olhares subiram a escada.

Acontece que aquela saída não tinha o menor jeito de saída. Pelo contrário, tinha cara de entrada... Para quem quisesse entrar numa fria. Mas, com a porta emperrada e nenhuma outra disponível, sobrava apenas a passagem secreta pela qual Manouk tinha vindo parar no segundo andar do Casarão, e que, pelo que sabiam os Achudos, iria conduzi-los de volta à cripta.

- Essa não! - reclamou Prisca. - Lá vai a gente! Que nem nos filmes de terror, em que a turma se joga de bobeira nas garras da assombração maligna!

Nesse momento, uma gargalhada ecoou nas paredes, como se Sir Simon estivesse achando muito engraçado o dilema dos Achudos. Ao mesmo tempo, era uma gargalhada estrondosa, enlouquecida, cruel, que os fez ceder ao impulso de sumir dali, fosse por onde fosse. Quase agarrados um ao outro, e um puxando o outro para irem mais depressa, galgavam os degraus da escadaria numa corrida de um fôlego só.

A lanterna de Deco iluminou o corredor. O painel de madeira por onde Manouk saíra ainda estava escancarado. Logo atrás deles, o som de correntes, cada vez mais próximo, era acompanhado por roncos raivosos, como se um bicho feroz estivesse prestes a dar o bote, saltando da escuridão.

Em pânico, enfiaram-se na entrada aberta, que no entanto cerrou-se, mal haviam passado.

- Claro que isso ia acontecer! - reclamou Prisca.

- Corre! Corre! - berrou Manouk, fechando a fila.

Apenas o facho de luz da lanterna de Deco defendia os garotos da escuridão daquele túnel apertado, e que parecia estar se fechando sobre eles mais e mais, espremendo-os, obrigando-os a correr para a frente, sem pensar. Só que, de repente, olhos, brilhantemente vermelhos, começaram a surgir, estourando na parede como espinhas no rosto de quem come chocolate com pimenta malagueta, ou batata frita ou pastel muito gordurosos, ou... O que importa é que os Achudos berraram de medo quando se viram cercados por aqueles olhos, que pareciam ainda por cima sorrir, satisfeitos, como se comemorassem por antecipação um farto banquete para o qual o prato principal, à base de carne fresca, estava chegando.

Começou a soprar um vento forte no túnel, que quase carregava os Achudos, e acelerava ainda mais seus passos. O vento uivava... Ou algum bicho grande, em algum lugar, uivava, como se tivesse o estômago doendo de fome ou sentisse uma tremenda raiva, mas cujo faro houvesse acabado de localizar em quem poderia descarregá-la.

Andando um nos calcanhares do outro como estavam, os que vinham atrás não conseguiram parar quando Deco deu um grito súbito. No momento seguinte, os Achudos despencaram no vazio, debatendo-se, agitando mãos e braços, gritando, e o medo era tanto que havia apertado suas gargantas; o grito deles era como nos pesadelos: não saía pela boca, sufocava-os, ameaçava fazer o peito deles explodir.

Por um segundo, Manouk pensou que aquele precipício não estava ali quando ela atravessara o túnel para o Casarão. Mas o pensamento durou menos do que uma centelha, porque ela continuava caindo, caindo... E mais certa do que nunca de que Sir Simon estaria esperando por ela no fim da queda. Então, escutou a voz de Anjão perguntando: "Mas por que não ficou com você de vez? Por que deixou você voltar para nós?". E a resposta surgiu em sua mente, como uma luzinha distante, muito distante, mal saindo da escuridão que anunciava que ela já ia desmaiar. "Porque ele quer antes me matar de medo... Porque ele precisa antes me matar... Me matar... Ele precisa que eu fique... com tanto medo que... mesmo sabendo que ele quer ficar comigo... Eu prefira morrer... Ele precisa que eu queira... morrer..."

***

O que o vivente poderia entender da morte? Para ele, a morte é pura metafísica, porque ele jamais a experimentou e não pode, portanto, temê-la. O que teme, o que o aterroriza é o fantasma da morte que ele cria e que carrega dentro de si, durante a vida.

E se ilude, querendo acreditar que é a morte que o aterroriza.

Ora, como poderia lidar com esse terror, a não ser por intermédio de um fantasma?

Rá, rá! Eu até me pergunto: como então o vivente poderia viver sem o fantasma?

Sir Simon de Canterville

- A gente... tá vivo?

A voz sussurrada era de Prisca. Logo a seguir ouviu-se a de Deco:

- Nossa! Que frio! E como é úmido aqui.

- Onde está sua lanterna? - perguntou Anjão, na escuridão.

- Já era! - murmurou Deco, apalpando ao redor. - Ai, tô com o corpo todo doído.

- Deve ter sido a queda. Não me lembro de nada! - disse Manouk. - Quer dizer, me lembro de um murmúrio dentro da minha cabeça. Alguém... me explicando... alguma coisa sobre... o fantasma.

- O fantasma! - pareceu lembrar Prisca. - E onde a gente tá?

- Tem uma claridade ali na frente, não tem? - arriscou o Anjão.

Com os olhos mais acostumados, eles enxergaram a tênue luminosidade à distância. Estava tão frio que a respiração se transformava em vapor, mal saía das narinas. E todos estavam com o corpo dolorido, como se tivessem levado uma surra.

- Vai ver a gente veio batendo nas paredes, na queda - disse Prisca.

- Minha nossa! Ficamos um tempão caindo. Como é que a gente não se quebrou todo? Não devíamos nem ter sobrevivido, sabem? - intrigou-se Deco.

- Sir Simon não quis matar a gente - disse Manouk. - Ele não deixou a gente se machucar. Só um pouco, para vingar as pancadas que recebeu na biblioteca. Daí, fez aparecer esse abismo pra gente chegar mais rápido até aqui.

- Ele - gaguejou Prisca - fez aparecer um abismo que não estava aqui antes?

- Não estava aqui quando eu passei no caminho para o Casarão - respondeu Manouk.

- Puxa! Parece até truque virtual - admirou-se Prisca. E completou: - Tô começando a ficar fã dos poderes desse fantasma.

- Ele vai gostar de escutar isso.

- Peraí! Como você sabe? - estranhou Deco. - Por que está dizendo essas coisas esquisitas?

A garota engasgou. Lágrimas aflitas vieram aos seus olhos quando respondeu:

- Eu sei... Não sei como sei. Mas sei.

- Manouk! - disse Prisca. - É que nem o Drácula fazia com suas vítimas. O vampirão ficava em contato com elas. Ele as usava até pra espionar quem o estava caçando. Vai ver é Sir Simon que está lhe dizendo essas coisas... Mas que gozado! Não era para ele ter esses poderes todos. Nenhum fantasma da literatura faz mais do que dar sustos. O fantasma de Canterville então, nem se fala! É um pobre coitado! Um personagem bem trapalhão!

- Agora ferrou, Prisca! - gritou Manouk, horrorizada. - Não fale essas coisas. Ele vai ficar uma fera com você!

- Ora, por favor, gente - Anjão tentou argumentar. - Pensem só no absurdo que vocês estão dizendo.

- Eu estou escutando coisas! - disse Manouk, já angustiada. - Dentro da minha cabeça! Vocês não vão começar a achar que eu endoidei, vão?

- Não, amiga! Claro que não! - disse Prisca, preocupada, abraçando Manouk.

Deco e Anjão se aconchegaram também, num abraço coletivo, dando coragem um para o outro. Todos ficaram em silêncio por um instante. Então, Deco perguntou:

- Estão todos bem? Olha, acho que agora que a gente tá aqui, não tem jeito. Temos de seguir na direção daquela claridade. Topam?

- É... - lamentou Manouk. - É para onde ele quer que a gente vá.

Os demais olharam para ela, mas ninguém teve coragem de dizer coisa alguma. Os Achudos se levantaram e começaram a caminhar. A claridade, distante, foi chegando mais perto. E ficando mais forte. Não eram só os passos deles avançando pelo corredor; a coisa também estava se mexendo e vindo ao encontro dos Achudos. A garotada percebeu, é claro, mas nenhum deles teve ânimo para comentar. Já estavam assustados o bastante, sem precisar de mais truques nem exibições do fantasma.

Subitamente, sem nenhuma lógica, como se o corredor se expandisse de repente, formou-se um salão em torno deles. Havia gavetões nas paredes, o piso era de mármore negro, e o teto, bem alto, era abobadado. Manouk, assustada, reconheceu logo o lugar enquanto a luminosidade que haviam enxergado do corredor parecia brotar das paredes, sem fonte que pudessem distinguir.

No centro do salão, havia uma poltrona grande, antiga, estofada - e vazia. Como se esperasse ser ocupada em breve.

- Eu já estive aqui - sussurrou Manouk. - É a cripta do Sir Simon. Ele não gosta desse lugar. Sente-se... abandonado aqui. Melancólico. Foi onde o tal Ótis, que veio da Inglaterra, sepultou a ossada dele. Num desses gavetões. Os outros... parece que estão vazios. Esse Ótis era o Washington, o filho mais velho do casal que comprou o Castelo de Canterville no conto. Que, aliás, era mais do que um conto. O castelo existia mesmo, no interior da Inglaterra, e muita gente acreditava ser mal-assombrado. Quando Washington veio para o Brasil, os pais já haviam morrido. Os irmãos não queriam saber do castelo, principalmente Virgínia, que teve mais contato e uns tantos segredos com Sir Simon. O Washington tinha tentado vender a propriedade, mas não conseguiu. Ainda havia muita gente na região que espalhava histórias sobre o fantasma e isso afastava os candidatos a compradores. Dá para imaginar por que, né?

- E quem está nos contando essa história toda é sua conexão com o fantasma - debochou Prisca -, que assombra *online* e em tempo real os seus pensamentos?

- Se a mocinha preferir - retumbou uma voz cavernosa, que fez os Achudos se juntarem novamente num grito, agarrados uns aos outros -, posso contar tudo isso e muito mais a vocês pessoalmente. Que não se diga que Sir Simon de Canterville recebe mal seus convidados!

Houve uma explosão surda no ar, bem acima do assento da poltrona. Por alguns segundos, não se podia ver nada na cripta. Quando a fumaça se desfez, havia candelabros em pedestais com velas acesas ao redor do ambiente, e na poltrona estava sentado Sir Simon, sorridente, cravando nos Achudos um olhar gelado e voraz.

–Buuuu! - fez o fantasma.

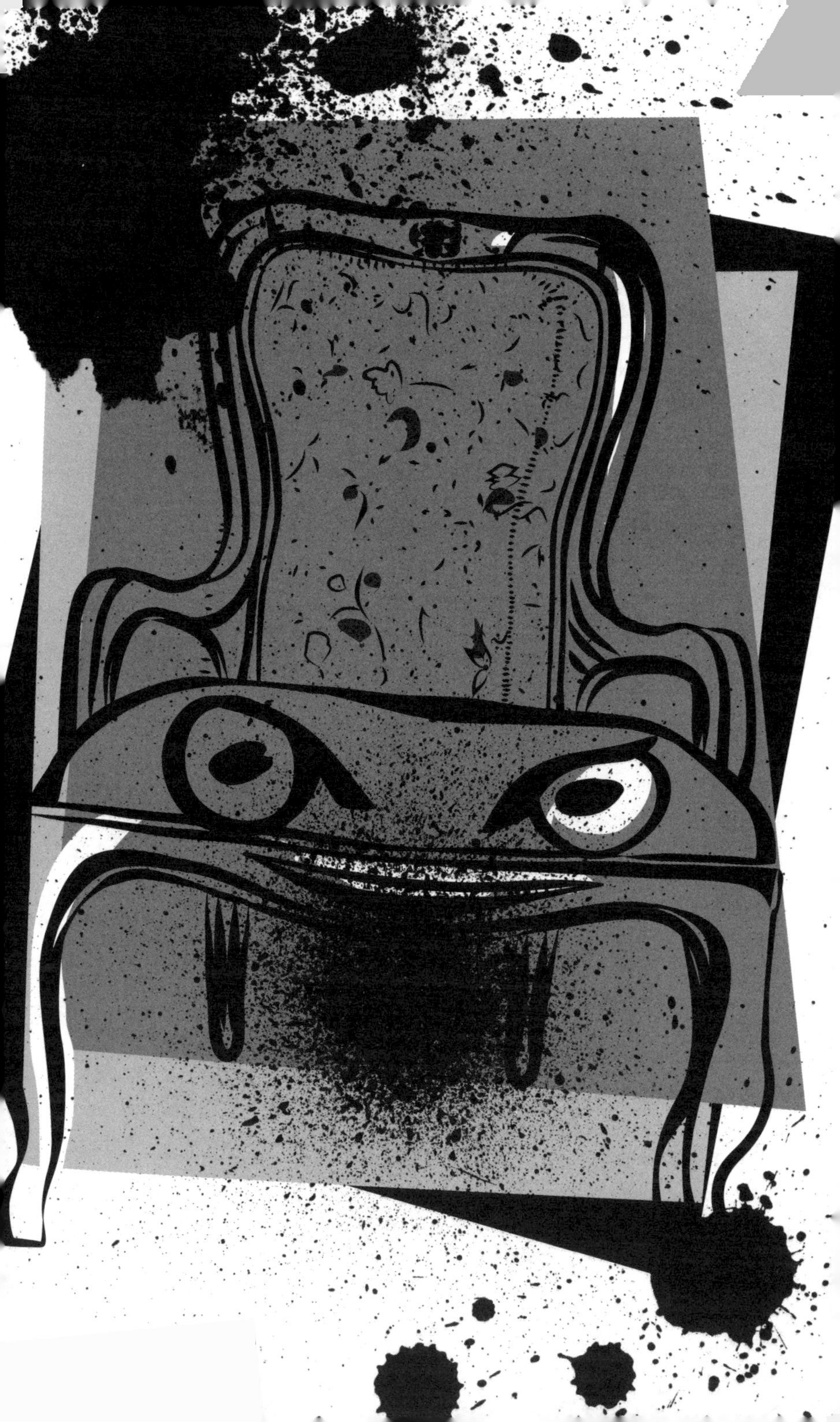

{14} TARDE DEMAIS!

- Bom, vocês já sabem como morri. E como minha existência foi devassada, num tom indevidamente cômico, há mais de um século, por aquele debochado escritor irlandês. Quero, entretanto, lhes contar sobre minhas aparições, entre esses dois eventos fatídicos, meu passamento para o Mundo Superior - como chamo minha existência fantasmal, e creio que me darão razão de assim chamá-la - e o conto wildeano. Aparições, enfatizo, aliás, que com justiça construíram o prestígio e tantos rumores espalharam sobre o castelo de Canterville, transformando-o na mais notória e temida habitação mal-assombrada de toda a Grã-Bretanha. E saibam que é na Grã-Bretanha que se encontram as autênticas e mais malévolas casas mal-assombradas do mundo. Assim, essas minhas aparições, como disse, são antológicas, dignas de figurar em qualquer romance gótico de peso, desses que tocam as cordas mais profundas do terror já residente na alma humana, tanto a universal e a cultural quanto aquela parte que depende da história própria de cada indivíduo. É de todo incompreensível, portanto, por que o já mencionado escritor irlandês lhes deu tão pouco destaque, preferindo protagonizar a maioria das cenas com aqueles infames gêmeos, tão sem lastro nem história. Ou com a apaixonante, mas também inexperiente Virgínia... Que acabou me rejeitando, me... abjurando. Ora! Foi ela quem saiu perdendo, não acham? A verdade é que se aterrorizar como se deve com um genuíno fantasma é uma arte, algo para público seleto, pessoas especiais, refinadíssimas e de bom gosto irretocável. É necessário todo um lastro para saber aceitar o terror, coisa de que os Ótis eram tão simploriamente privados. De fato, é chegada a hora de colocar as coisas em seus merecidos, justos e devidos lugares. Assim...

- Seu Simão! - interrompeu-o Anjão, que chamou o fantasma desse jeito para irritá-lo. - O senhor é um fantasma de verdade ou um personagem fantasma?

Sir Simon deteve-se, espantado com a pergunta. Depois, com expressão melancólica, proferiu teatralmente:

- Ser um personagem que é um fantasma me doeria como se eu fosse duplamente fantasma.

- Hem? - exclamaram em coro os Achudos.

- O que quero dizer é que o medo real que eu despertasse em vocês tornaria inútil e ociosa essa tentativa de fazer a distinção entre criatura verdadeira e personagem. Se os assusto de verdade, o que há mais a se perguntar sobre o assunto?

- Hem? - repetiram em coro, de novo, os Achudos.

E dessa vez Sir Simon impacientou-se para valer:

- Ora, calem-se. O que adianta fazerem perguntas sobre assuntos profundos se não se detêm para pensar nas respostas? Chega de interrupções! Deixem-me ver por quem devo iniciar a narrar minhas memórias... Talvez pelo ladrão de cadáveres, cujo ofício é invadir cemitérios, ou... pelo esqueleto do Enforcado Suicida, ou... pelo Morto-vivo Desenterrado... pelo Sugador de Sangue dos Pântanos... pelo Insano Homicida da Lua Crescente, ou... Ora, é claro! Devo começar minhas memórias pelas façanhas inomináveis da minha criação predileta! O Conde Sem Cabeça! Imaginem...

* * *

Horas depois... Manouk e Anjão estavam de mãos agarradas. Deco, espremido ao lado deles, ainda não tinha conseguido fechar a boca. E Prisca, igualmente se apertando o mais que podia contra os amigos, pelo menos conseguia olhar para o fantasma pelas lentes da sua câmera, que tirara de novo da bolsa a tiracolo e que a protegia. O facho do holofote, atravessando o corpo transparente de Sir Simon, produzia reflexos fosforescentes, como se ele fosse habitado por vaga-lumes. Sir Simon emendava um assunto no outro, indo de suas muitas caracterizações medonhas a seus “confrades”, os astros da literatura de terror.

Enquanto falava, o ambiente ia se modificando. Sempre feérico. Com cores esmaecidas, parecendo menos denso do que uma lâmina de água. À volta deles, apareciam interiores de castelos, masmorras, cemitérios e, volta e meia, a biblioteca do Casarão novamente, com suas estantes altas e prateleiras abarrotadas de volumes encadernados. Cada cenário correspondia a um momento da fala de Sir Simon, transportando os Achudos numa viagem por diferentes locações do terror. Isso, além de cenas de filmes antigos, com vampiros, múmias, lobisomens, mortos-vivos. Quando o assunto era cinema, Sir Simon só gostava, ao que parecia, de clássicos em preto e branco. Os Achudos assistiam a tudo de olhos arregalados, mergulhados numa espetacular projeção 3D-holográfica-360º-fantasmagórica.

– Parece um truque de computador – sussurrou Prisca.

– Mas está tudo saindo da imaginação dele! – disse Manouk no mesmo tom, sem conter a admiração.

E, de fato, Sir Simon continuava falando, como se ninguém mais houvesse ao seu redor, a não ser os personagens cuja ação ele conduzia. Sua voz alterava-se conforme a gravidade da cena. Sua gesticulação acentuava a dramaticidade de cada lance. As cenas iam se alternando; uma se apagava, enquanto a seguinte vinha de um fundo vazio de escuridão; uma se afundava num limbo, criando um redemoinho de névoas, de onde saía a cena seguinte, num movimento que era como um balé de imagens. E ainda, como figurantes, embora mudos, livros abertos, folheando-se sozinhos, no ar, ejetando cenas e personagens, sugando-os e expelindo-os, como se fossem eles os narradores das histórias encenadas daquela maneira assombrosa, inacreditável, única. Prisca estava emocionada. Nunca havia sonhado com nada tão cinematográfico.

– Puxa – sussurrou a garota, esforçando-se, apesar das mãos trêmulas, por movimentar a câmera, de maneira a não perder nenhum momento. – Que filme isso vai dar!

Finalmente, Sir Simon calou-se, imobilizando-se ereto no centro do que seria o imaginário palco de sua performance, como se agora esperasse aplausos. Nenhum dos Achudos animou-se a bater palmas.

Depois de instantes de perplexidade, Anjão conseguiu ensaiar uma pergunta:

– Mas, Seu...?

– Sir Simon! – corrigiu o fantasma desta vez. – Sei que neste país não há nobreza nem realeza. Porém, é um tratamento respeitoso do qual faço questão. Ora, de fato, o título de cavaleiro está na minha família há séculos e...

– Seu Simon – teimou Anjão, a marra ancestral do garoto falando mais alto do que o medo que sentia –, o que o senhor quer com a gente?

– Ora, eu é que devia fazer essa pergunta, não acha?

– O senhor?

– Sim, obviamente! Eu estava aqui, quieto em meu ermo sombrio. Foram vocês que invadiram meu Casarão. Ao que me consta, você queria fazer uma... experiência científica – disse Sir Simon, com malévolo desdém na voz. – E a mocinha ali, com essa luz incômoda sobre mim, quer fazer um filme? Como se já não houvessem filmado a história do Fantasma de Canterville tantas vezes! Não que tenham contado minha história autêntica...

- Não ia ser uma nova versão do conto. Ia ser... - Prisca apressou-se a replicar, conseguindo também vencer o medo. - Ia ser outra história...

- Sir Simon - balbuciou Deco, com jeito cordato -, juro que a gente não fez por mal. E foi besteira nossa mesmo vir incomodar o senhor sem sermos convidados. Mas tudo se resolve, né? Se não somos bem-vindos, a gente vai embora e pronto.

- Tarde demais! - disparou o fantasma rispidamente. Seu rosto se abriu em uma gargalhada que causou calafrios nos Achudos.

- Tarde demais? - murmurou Manouk.

- Sim, foi o que eu disse. É que comecei a gostar de vocês, juro!

A declaração de afeto não entusiasmou muito os Achudos. Até porque podiam imaginar que aquele "gostar" do fantasma tivesse implicações de que eles é que não iriam gostar. Manouk, com expressão tensa no rosto, balançou a cabeça tristemente. O fantasma, sem mudar de posição, como se estivesse sentado, elevou-se meio metro acima da poltrona, pigarreou e disse:

- Assim, o fato de vocês terem invadido minha casa, de serem reles intrusos, já não importa. A não ser é claro para que se lembrem de que foram vocês que vieram atrás do que vão obter aqui. Não os convidei, mas agora se considerem meus hóspedes. No entanto, esse assunto é de pouca importância. O que pretendo ouvir de vocês concerne a todas as preciosas explanações que lhes dei a respeito da arte de escrever histórias apavorantes! Não foi fascinante?

- Muito, muito legal mesmo! - apressou-se a dizer Prisca. - Que tal o senhor fazer um *blog* sobre o assunto? Ia ser um sucesso.

Sir Simon lançou um olhar raivoso sobre a garota e partiu ameaçadoramente sobre ela:

- Não deboche de mim, Achuda! Não ouse! Sua garota atrevida, imprevidente! Ignorante dos mistérios do Outro Mundo! Por muito menos assombrei viventes pelo resto dos seus dias... E não foram tantos dias que lhes restaram, depois que iniciei minhas visitas. Ahhh! Quer saber o quanto aprecio provocar o pavor em viventes? O rosto contraído, quando sentem penetrar-lhes um medo do qual jamais se libertarão? Uma dor sem lugar no corpo, mas na alma? Quer descobrir na própria pele do que sou capaz, menina?

- Falando em Outro Mundo - Anjão foi logo dizendo, largando as mãos de Manouk enquanto se colocava entre Prisca e Sir Simon para tentar cortar a raiva do fantasma contra ela -, e também na minha experiência científica...

- Ora, sua experiência! Não passa de mais um atrevimento! - rugiu o fantasma, agora se voltando para Anjão. - Não entendo como vocês podem ser tão irreverentes ao tratar de algo que absolutamente não compreendem. Parecem aqueles idiotas dos Ótis, com seus detergentes que limpavam as manchas de sangue sobre os tapetes do meu castelo... Manchas de sangue que estavam ali havia séculos! Marcas do meu crime!

Por um instante, o Fantasma se calou, enroscou-se sobre si mesmo, tornando-se nada mais do que um torvelinho de fumaça parda-transparente flutuante.

- O senhor - disse Prisca, ganhando coragem - não gosta de se lembrar desse seu crime, né, Sir Simon?

- Não, minha amiga - disse a voz do fantasma, vindo de lugar nenhum, ou talvez de dentro de um dos gavetões. - Foi o começo da minha maldição. Do meu Hades. Da minha solidão! Desde então, perambulo sem descanso, sem rumo e sozinho, ainda por cima, pelo Jardim da Morte. Foi ali, naquele ponto da sala onde havia essa mancha de sangue, que matei minha esposa. E logo seria punido pelos irmãos dela. Mas nem eles imaginariam que minha expiação duraria séculos. Até eles teriam piedade de mim se soubessem quantas e quantas vezes paguei por esse crime. Foi mais do que morrer, acorrentado, na escuridão, no frio terrível que come a carne e os ossos, gritando e pedindo socorro, implorando, gemendo... Foi muito mais do que o tormento de sentir a morte se aproximando. Vocês não sabem o que é o terror. Vocês não são capazes de conceber o que ele é!

A seguir, soltou uma gargalhada, algo alucinada, e surgiu de novo diante deles, desta vez em sua versão com armadura, de elmo erguido, exibindo seu rosto, mas ainda transparente e flutuante.

- Não pensem, entretanto - prosseguiu Sir Simon -, que sinto saudades da minha falecida esposa. Ela não tinha atenções comigo. Nem sequer se lembrava de ordenar aos criados que colocassem os talheres invertidos, para mim, à mesa. Na verdade, creio que jamais tenha atentado para o fato de eu ser canhoto. Ah, Eleanor, Eleanor!

- E foi por isso que o senhor a matou? - disparou Prisca.

- Creio que essa possa ter sido uma das razões - murmurou Sir Simon, calando-se a seguir, com expressão meditativa. Depois, soltou um pigarro e retomou sua fala. - Mas é imprescindível que saibam que não haveria como eu sentir falta da limitada existência vivente. Já nem a recordo. Em tudo, a fantasmal é muito superior!

– Gosto não se discute! – disse Anjão, num impulso, provocando um rugido repleto de ódio do fantasma, que no entanto logo se recompôs, sorrindo outra vez.

– Bem, há mais alguma coisa que queiram saber sobre o fascinante mundo do terror? Estou à disposição dos meus convidados... Para sempre! – e riu. – Brincadeirinha. Uma piada para dar o tom do nosso encontro, que tal? Que jamais se diga que Sir Simon de Canterville é mal-humorado. Creio que não tenham nada mais a me indagar, correto? Ótimo que assim seja porque, agora que já foram inteirados do que tinham de saber, vamos ao que interessa.

Foi então que as tampas dos gavetões da cripta estremeceram, soltaram guinchos estridentes de pedra friccionando pedra e começaram a se deslocar do encaixe nas paredes.

{15} VEROSSIMILHANÇA

O que é a verossimilhança? Ora, Achudos! Cabe uma explicação, mas soará a vocês como um mau augúrio.

Já os ancestrais dos dicionários de hoje detinham-se intrigados diante dessa enigmática palavra. "Vero" + "semelhança": semelhante à verdade. Contudo, o que é semelhante à verdade não é a verdade.

Por outro lado, será mentira?

Alguns o considerariam assim. Outros diriam que é algo que nem é verdade nem é mentira. E se não existem somente a verdade e a mentira, mas também uma terceira entidade que não é uma coisa nem outra, por que não existiriam uma quarta, uma quinta - possibilidades infinitas entre a verdade e a mentira? Como ter certeza do que é verdade e do que é mentira? Pode muito bem ser que nessa dimensão - nesse Universo da Incerteza no qual habitam todas as histórias e os modos de contá-las, chamados comumente de tramas ou enredos - resida a literatura... a ficção!

Para mim, a resposta é simples.

E ao mesmo tempo não o é.

Eu sou a verossimilhança!

Ora!

Acreditaram?

Não, não é nada disso. Foi só uma piada! Como poderia ter tal pretensão?

Verossimilhança é a ilusão, a prestidigitação... É a composição da cena, posta então em ação; é a encenação das personagens, dos encantados, e que nos encanta. É tudo aquilo que foi criado com arte, exercendo o poder para o qual foi criado. E que envolve o espectador, ou o leitor, de tal maneira que ele se sente dentro dela - dessa cena, da história, e de sua teia, sua trama, seu sortilégio! - e a absorve e frui como sua principal, tácita, mais profunda, mais densa e secreta realidade.

É minha Roca, a ave colossal que se consome no próprio fogo, e das suas próprias cinzas renasce, a mãe dos ifrits, dos djins, dos gênios das histórias contadas há milênios pelos nômades dos desertos, ao redor das fogueiras noturnas, nos oásis, para espantar os pavores da escuridão.

Enfim. Nenhuma história de terror suporta quando o leitor para e exclama: “Mas isso é impossível!”. Se isso acontece, o terror parou de funcionar. Óbvio, não?

Porque a verossimilhança pode ser uma imitação ou um fantasma da vida, mas um fantasma que reconhecemos - que seja parte de nós, ou que sejamos possuídos por ele, isso tanto faz... O que importa é que tal criatura nos provoque calafrios, como intuiu Mary Shelley! Todo escritor de histórias assustadoras anseia por provocá-los... E o que deve buscar? Como compô-los?

A cada qual, seu próprio Hades!

A cada qual, seu próprio terror!

Sir Simon de Canterville

{16} A CADA QUAL...

As tampas dos quatro gavetões abriram-se de vez. Primeiro uma fresta, e então despencaram com estrondo no piso. Lá de dentro, ejetou-se um hálito sufocante de decomposição, que fez os Achudos perderem a respiração e começarem a tossir, cambaleando e sentindo náusea. E sons que eram ora gemidos, ora rosnados, emitidos num tom baixo e rouco. As paredes vibravam com a ressonância das gargalhadas de Sir Simon. Ao mesmo tempo, algo no interior dos compartimentos borbulhava, já quase transbordando das bocarras escancaradas. O solo da cripta estremeceu; várias rachaduras se abriram, ejetando esguichos de faíscas e vapor sulfúrico.

Os Achudos foram arrancados do chão por garras invisíveis e se viram rodopiando no ar. O esforço de se manterem de mãos dadas quase lhes quebrou os dedos. E foi inútil. O rodopio se acentuou, apartando-os, e passou a sacudi-los violentamente, torcendo o corpo deles, vencendo toda resistência. Gritavam o nome uns dos outros, sobrepostos por seus berros de pavor, quando cada qual foi sugado para dentro de um dos túmulos. Com gritos desdenhosos, num arremedo debochado dos berros apavorados dos Achudos, Sir Simon comemorava.

***

Quando Deco voltou a si, o cenário à sua volta era o seu maior horror. Estava num buraco cavado na terra. Os veios rasgados nas paredes lhe disseram imediatamente o que era aquilo. Já tinha visto um igualzinho nos documentários do canal geográfico, e tivera pesadelos muitas noites seguidas, imaginando-se preso naquele ambiente escuro, apertado, com paredes impregnadas de umidade. Exatamente onde estava agora.

- Socorro! - gritou o garoto. - Por favor! Me tirem daqui! Anjão! Manouk! Prisca! Eu fui enterrado vivo num... num...

A gargalhada de Sir Simon explodiu sobre ele e a cabeça do fantasma brotou, luminosa, do teto, o pescoço saindo da terra. Tinha uma faca cravada num dos olhos, cuja órbita saltava, gelatinosa, do crânio, pendurada sobre a bochecha pálida do fantasma.

Deco soltou um berro.

- Saudações sepulcrais! - disse ele, exultante. - Está confortável, garoto? O que acha de minha hospitalidade? Reservei estes aposentos especiais para seus últimos momentos.

- Me tira daqui, Sir Simon! Por favor! Por favor!

Deco tremia, chorava convulsivamente, e isso parecia divertir Sir Simon.

– Ora, pobre vivente! Só vocês para terem tanto amor à própria pele! Rá, rá, rá... Quem mandou terem pele?

– Por favor, me tira daqui!

– Mas a festa mal começou! Vai ser um banquete. E você é o convidado principal... Não para comer, mas para ser comido. Parecido com o que disse o dilacerado Hamlet, de Shakespeare. Uma cena muito inspirada, ou, devo dizer, mal-assombrada? Está escutando?

Um ruído começou a crescer, vindo da escuridão que se perdia à distância. Deco percebeu que estava num túnel. E logo adivinhou que barulho era aquele.

– Eles estão vindo! – vibrou, febrilmente, Sir Simon. – Estão vindo!

– Por favor! Nããão! – berrou Deco. – Pessoal! Socorro! Esse fantasma maluco me prendeu num cupinzeiro! Vou ser devorado. SOCORRO!

– Sim, meu ecológico amigo! Cupins gigantes da Amazônia! Sabe o que essa espécie faz na madeira mais dura? Só sirvo o que há de melhor para meus convidados. Oh, olha o que eu disse outra vez! Quem estou servindo a quem aqui? Rá, Rá!

Com mais uma gargalhada, a cabeça de Sir Simon desapareceu, deixando Deco na escuridão. O barulho áspero, de algo que vinha chegando pelo túnel, raspando as paredes, tornava-se cada vez mais alto. E o túnel, agora, parecia se estreitar em torno do corpo do garoto, imobilizando-o.

As palavras do fantasma ricochetavam na sua mente: "Cupins gigantes... da Amazônia... da Amazônia... Cupins gigantes... da Amazônia".

Mas eram pensamentos quase sem força, que estavam se apagando. De sua garganta saiu um som inimaginável para ele, algo que suas cordas vocais nunca deveriam ser capazes de emitir e que se parecia com um ganido. Aterrorizado, longo, doloroso, suplicante.

***

Prisca despertou num limbo totalmente vazio e totalmente em branco.

Todo o seu senso de equilíbrio se esvaiu rapidamente, e ela tentou se agarrar à superfície que sentia sob seu corpo. Era como se estivesse com as costas coladas no teto, a ponto de desgrudar-se e despencar. Sentiu-se bastante zonza.

Parecia que o mundo e todas as suas imagens tivessem sido apagados. Nada havia ali além dela própria, tomada de uma desolação que jamais fora capaz de conceber. Insuportável.

No entanto, o cenário que não era cenário, que era um nada, atordoou-a de tal maneira que a garota começou a gritar, como se a sanidade estivesse sendo arrancada com pinças de sua mente.

- Onde é que eu estou? Onde é que eu estou? - berrou a garota, arfando. - Tem alguém aí? Socorro! Socorro!

- Olááááá! - disse uma voz melíflua atrás dela.

Prisca se voltou de supetão, rolando sobre o corpo, e deu de cara com Sir Simon, com a pele toda azulada, estufada, a barriga exuberante à mostra, como um afogado de muitos dias boiando num lodaçal. E o cheiro que exalava correspondia bem à caracterização. A garota sentiu náuseas.

- Espero que aprecie o esmero da minha composição. O visual da coisa, se me entende!

- Me desculpe! Me desculpe! - gaguejou Prisca. - Meu filme... Me desculpe! Você ia gostar do meu filme! Todos iam gostar e aplaudir e... Juro que iam!

- Ora, como se atreve? - urrou Sir Simon, verdadeiramente irritado. Mas logo recompôs as feições de deboche. - Seu filme também ficou em branco, querida vivente. Ele não existe mais.

- Então, me solta! Por favor! Por favor! Quero voltar para meus amigos.

- Seus amigos? - murmurou devagar Sir Simon, em tom zombeteiro. - Ora, tenho a impressão de que neste momento eles estão se preocupando com coisas mais importantes do que com a doidinha que conheciam, mas que desapareceu para sempre! Quem sabe há quanto tempo você está aqui? Talvez eles já sejam adultos agora, e você há muito foi esquecida. Isso acontece com alguns de nós. Sei do que estou falando.

- Mas eu acabei de chegar! Eu... Por favor! Não diga isso!

- Dizer o quê? Que você está aqui há anos? Ou seriam séculos? Que perdeu totalmente a noção de tempo? Que virou minha companheira e que seu mundo, há um tempo incontável para essa memória vivente que você ainda teima em manter, é aqui, e que aqui será para a eternidade, sempre e sempre! Você - a voz rouca e raivosa do fantasma vibrou - tornou-se a habitante-mor deste vazio encantadoramente tétrico!

Prisca emitiu um soluço, balançando a cabeça, recusando-se a aceitar o que Sir Simon lhe dizia. O fantasma ria.

- Sim, sim, querida... E sabe esse seu corpo, sua aparência? É pura ilusão! Lembrança de outra vida. Lembrança morta. Todo fantasma tem um pouco disso. É doloroso, e é algo que apavora os viventes, saber que alguns deles não conseguirão deixar de vez o mundo. É como uma condenação. Sim, você foi condenada! Você não tem mais, como direi, um corpo. Logo, se verá como verdadeiramente é, neste outro mundo tão especial. Logo, será igualzinha a mim!

Ao dizer isso, a figura do fantasma começou a se decompor, como se sua pele, músculos e carne estivessem se despregando em tiras.

- Nããão! - berrou Prisca.

- Estou indo, minha querida! - cacarejou o fantasma, do qual sobrava pouco menos do que o esqueleto agora. - Aproveite bem seu tempo! Oh! Rá! Rá! Como sou engraçado! Mas vou deixá-la à vontade agora... E a sós!

- Nãããooo! - berrou novamente a garota, com desespero ainda maior.

O esqueleto-fantasma se estilhaçou em fragmentos mínimos, que se evaporaram quase imediatamente.

Por um instante, Prisca ainda pensou: "Que cena! Em 3D ia ficar o máximo!". Mas foi só um instante de desligamento, porque logo lhe voltou a consciência opressiva de onde estava, e todos os seus músculos se contraíram, enquanto ela era tragada por aquele pesadelo branco.

***

Anjão acordou dentro de uma câmara metálica, com a sensação de que viajava a enorme velocidade. À sua frente, uma superfície transparente exibia um cenário de riscos luminosos, que pareciam se afastar dele. Por um tempo, o garoto ficou observando aquilo, pasmo. Então, como se um estalo ativasse sua compreensão, exclamou:

- São estrelas! E eu estou passando tão depressa por elas que parecem borrões. Mas, para isso acontecer, ia precisar...

Ele olhou em volta, reconhecendo o cenário. Sua mente começou a acumular dados, embora a conclusão fosse inaceitável.

"Eu... Estou numa nave espacial. E a velocidade está chegando próxima à da luz... E acelerando... Por isso, nesse janelão, as estrelas parecem se afastar. Elas estão longe, muito longe, cada vez mais longe... Como se eu estivesse sendo engolido..."

– Por um buraco negro! Exatamente, garoto. Muito inteligente!

Anjão se virou e quase caiu para trás. À sua frente, de pé, estava uma criatura de mais de dois metros. Reconheceu a expressão daquele rosto. Era Sir Simon, mas estava transformado. Na bocarra, uma multidão de dentes acavalados, disformes, pontiagudos. E a coisa tinha tentáculos com lábios vermelhos e sugadores nas extremidades que saíam de seu corpo, agitando-se como se tivessem vida própria.

– O Meduso Extraterrestre! – exclamou Anjão. – Não é possível! Você só existe em filme vagabundo! Você é uma invenção malfeita!

– Aqui estou, entretanto. E para lembrá-lo dos horrores que o aguardam quando cruzar o horizonte de eventos... Sabe o que é isso, não sabe?

Claro que sabia. Pelas teorias dos buracos negros, era o limite, a borda, a fronteira final. Além desse ponto, o buraco negro engolia tudo, nada escapava dele, nem mesmo a luz. E o que havia além, ninguém ousava especular. Talvez outro universo, ou qualquer coisa totalmente diferente do universo onde habitamos.

– Vê as estrelas lá fora? Sua pequena nave está quase chegando a esse limite! – anunciou Sir Simon, vibrando. – O que significa que em breve você desaparecerá para sempre!

– Isso é impossível! – teimou Anjão. – Ninguém na Terra tem tecnologia para construir uma nave que alcance um buraco negro. Eles estão longe demais. Milhares e milhares de anos-luz! Você é um farsante!

Com um urro, Sir Simon avançou sobre Anjão, e seus tentáculos num instante imobilizaram o garoto.

– Eu sabia – rosnou Sir Simon – que você não ia se deixar enganar pela minha simulação espacial. Eu sabia o tempo todo! Está me entendendo? Foi uma experiência para ver se você era mesmo tão inteligente!

– Mentiroso! – bradou Anjão, debatendo-se. – Eu fui mais esperto do que você! Olha a sua cara! Está morrendo de raiva, não está? Peguei você pelo pé, Seu Simão de uma figa!

A ventosa da extremidade de um dos tentáculos grudou-se na testa de Anjão, que sentiu como se algo estivesse sendo arrancado, de forma muito dolorosa, de sua mente.

– Você é mesmo marrento, garoto! Não é o que dizem de você? Inteligente e marrento demais. Isso não faz bem. Mas, quando eu terminar aqui, você vai ter virado um zumbi, sem cérebro, sem inteligência, sem personalidade nenhuma! E esse, eu sei, é o seu maior medo. Ah, que delícia! Seus miolos são muito saborosos, garoto atrevido!

- Nããão! - berrou Anjão, enquanto a dor aguda parecia rachar seu crânio. De repente, uma ideia surgiu, talvez a última: "Experiência? Ele disse experiência?".

A mão do garoto procurou no bolso a caneta *laser* que havia trazido e, com tremendo esforço, acendeu-a e mirou a luz no rosto do fantasma. Mas sua mente começava a esgaçar-se, como se a substância de seu cérebro estivesse se liquefazendo. Zonzo, ciente do que estava acontecendo, o garoto gemeu, dominado pelo pânico.

***

Manouk abriu os olhos, despertando. Estava na biblioteca do Casarão, caída no assoalho.

- Eu estava velando seu sono, minha cara! - disse Sir Simon. - Sente-se bem?

Manouk ergueu os olhos. O fantasma estava debruçado sobre ela.

- Onde estão meus amigos, Sir Simon? - murmurou, recobrando-se aos poucos.

- Tem certeza de que quer saber?

- Quero - respondeu hesitante a garota. - O que o senhor fez com eles?

Sir Simon assentiu com um gesto de cabeça.

- Você é generosa de pensar antes neles do que em você.

- Eu estou bem, Sir Simon. E os meus amigos?

De repente, três brechas abriram-se no ar, acima deles, como se fossem telas. Numa, via-se Deco, apavorado, já coberto pelos cupins. Noutra, Prisca, os olhos arregalados, paralisada, suspensa em seu limbo branco. E, na terceira, Anjão, o tentáculo grudado em sua testa, num ponto já arrodeado por uma mancha roxa - o garoto se debatia, em pânico.

- Eles não vão durar muito - disse Sir Simon. - Isso que você vê está acontecendo neste instante.

- Sir Simon, por favor! Não mate meus amigos! - suplicou a garota, sentando-se.

- É preciso - murmurou o fantasma. - Este é seu maior terror, não é? Ver seus amigos sofrerem, morrerem? E se eles ficarem aqui para sempre, você não vai desejar ficar também? Por sua própria vontade? Não vai ser capaz de abandoná-los, vai?

- Por favor! - gemeu a garota. - Por que está fazendo isso? Eu sei que o senhor não quer machucar ninguém. No meu coração, eu sei!

- A vida deles não me importa! Não vale nada para mim! A vida vivente não tem valor nenhum para mim. Nem a deles, nem a sua! Sir Simon de Canterville despreza os viventes!

- Não acredito! - De repente, Manouk ergueu a cabeça e parou de chorar. Cravou seus grandes olhos castanhos nos olhos azul-aguado do fantasma e disse: - Você disse a verdade quando falou que começava a gostar de nós. Você tem saudades da vida, Sir Simon. Eu sei. E nós o lembramos do tempo em que você era um vivente! É por isso que quer nos matar? Tem medo da gente, Sir Simon? Do que a gente faz você sentir?

Sir Simon ergueu-se indignado. Seu rosto contraiu-se num ricto de ódio. E sua imagem oscilava, alternando suas diversas aparições: o Conde Sem Cabeça, o Morto-vivo Desenterrado, o Insano Homicida da Lua Crescente...

Manouk encolheu-se, horrorizada.

* * *

Nesse momento a mente de Deco escapou, por um instante, à dormência do terror, e ele conseguiu raciocinar: "Cupins Gigantes da Amazônia... Cupins... Mas cupins não são carnívoros! Como podem estar me devorando se nenhum cupim é carnívoro?".

Algo semelhante aconteceu com Prisca, quando, imersa na paralisia de seu limbo branco, trouxe aos pensamentos, com esforço, uma imagem: era seu rosto, sorrindo. E aquela imagem se espalhou rapidamente em torno dela, criando mais e mais detalhes, e cores, e até mesmo sons - uma risada. "Luzes! Câmera! Ação!", ela gritou em pensamento. Subitamente, o limbo espatifou-se como uma vidraça e a garota se viu livre.

Do mesmo modo, algo também despertou Anjão, quando o ponto vermelho projetado por sua caneta *laser* atingiu o Meduso.

Nesse instante, Anjão escutou um estalo forte ecoando por toda a volta. Quase no ato, no que abriu os olhos, viu Manouk encolhida, gemendo. Viu Deco, batendo com os braços no corpo, em desespero, ainda tirando fora os últimos cupins que, como uma miragem, agarravam-se a suas roupas. Viu Prisca, rindo e chorando ao mesmo tempo. Estavam de novo no vestíbulo do Casarão, exatamente como algumas horas atrás, antes de terem tentado fugir pela passagem detrás dos painéis de madeira do andar de cima. Era como se a queda pelo abismo, os gavetões da cripta se abrindo para engoli-los e tudo o mais nunca tivesse acontecido.

De pé, o corpo transparente, feito uma névoa tênue e azulada, Sir Simon os observava com um misto de ternura e espanto.

***

– Sir Simon, com saudades da sua existência vivente. Nunca imaginaria algo semelhante! – O fantasma balançava a cabeça, inconformado. – Eu não consegui matar vocês. Não consegui ir até o fim desta vez! Fui dominado por um vulgar... por um ordinário sentimento vivente! Saudade! Eu, Simon de Canterville!

Mal Anjão recuperou o fôlego e percebeu que ainda estava com sua caneta *laser* na mão, acendeu-a de novo, apontando-a contra o vulto de Sir Simon. E foi então que o fenômeno aconteceu. O jato de luz sumiu em algum ponto no interior da névoa, sem atravessar Sir Simon.

– Maneiro! – comemorou Anjão, erguendo-se. – Minha experiência deu certo!

– Como assim? – perguntou Deco, arrastando-se para junto do amigo.

– Olha só! – disse Anjão.

E, descalçando seu tênis, arremessou-o contra Sir Simon. O tênis atravessou o fantasma, que reagiu, irritado.

– Ei! Como se atreve! Está abusando da sua sorte, garoto!

– Uau! Bem que desconfiei que uma coisa assim ia acontecer – disse Anjão. – Ele está e não está aqui! Ao mesmo tempo, está aqui e em outro lugar!

– Hem? – engasgou Deco.

Anjão prosseguiu sem tomar fôlego.

– Ele pensa que é um fantasma, mas é uma criatura de um outro universo do multiuniverso que está interagindo com o nosso! Como se uma ponta desse outro universo penetrasse no nosso. Lá, ele pode nem ter morrido ainda! Pode nem ser um personagem de um conto. Pode ser qualquer coisa!

– Do que você está falando? – indignou-se Sir Simon. – Sou o fantasma mais célebre da literatura de terror! Já não chega o escritor irlandês ter tentado fazer galhofa comigo, sem respeitar minha melancólica condição? Só porque fraquejei em exterminar vocês, isso não significa que deixei de ser, e que para sempre serei, Sir Simon de Canterville!

– O tênis atravessa você porque ele é matéria aqui, diferente do que você é em nosso universo. Aqui, você é outra coisa, que a gente não sabe o que é. E o mais engraçado é que a luz do *laser* não atravessa seu corpo. E deveria, se você fosse somente névoa. Se fosse qualquer coisa que pertencesse ao nosso universo, ela ia se refletir, a gente ia ver o jato riscar o ar e bater na parede atrás de você, formando um ponto brilhante. Mas o jato some e não produz ponto luminoso nenhum. Não tem nada em você para o ponto se fixar, quer dizer, nada no nosso universo. Só que eu acredito que o *laser* atravesse você, sim, e esteja aparecendo numa parede qualquer lá no outro universo, onde você também está. Lá, você tem corpo. Tem matéria!

- Quer dizer - hesitou Manouk - que isso prova que ele não é um fantasma? Uma alma penada? Ou que os fantasmas são sempre pessoas de outro universo perdidas no nosso, sem saber o que aconteceu e achando que já morreram?

- Isso prova - E Anjão brecou, embaraçado, para logo admitir: - Bem, não prova coisa nenhuma.

- Como é? - estranhou Prisca.

Então, Anjão percebeu que a câmera de Prisca estava no chão e disse:

- Prisca! Rápido! Cheque as cenas que você gravou com Sir Simon!

- Meu filme? - disse a garota, apertando preocupada os botões. Logo a expressão de seu rosto se transformou. Primeiro, espanto, depois desolação, e em seguida um berro frustrado: - Aiiiii! Não é possível!

- Ele não aparece nas cenas, não é? Não pode ser gravado. É como se fosse invisível.

- Estou começando a me irritar com essa coisa de vocês falarem de mim como "ele". Até parece que não estou aqui! - rugiu Sir Simon.

Prisca voltou-se com raiva para o fantasma:

- Como você fez isso? Estragou meu filme!

- Não use esse tom comigo, garota! - vociferou o fantasma. - Eu não estou entendendo coisa alguma! Não fiz nada com essa sua maquininha desrespeitosa.

- Escute, Sir Simon! Eu não sei o que você é... - confessou Anjão.

- Arrisca! - pediu Manouk, chegando junto do amigo. - Especulação científica!

Anjão sorriu, e pensou um instante, organizando as ideias, antes de explicar.

- Minha experiência não prova que você não é um fantasma, nem que seja uma criatura de outro universo, perdida aqui, como disse a Manouk. Minha experiência só prova que você pode não ser um fantasma e que pode ser uma criatura de outro universo. Daí, se pode haver mais um universo, pode também haver vários...

- *Et cetera, et cetera* - reclamou Prisca. - E como é que a gente fica?

- Fica na incerteza - replicou Anjão. - E já é muito. Não dá para dizer nem uma coisa nem outra, definitivamente, mas só a gente ter aberto essa possibilidade já é um bocado, em termos de especulação científica. Ora, é um fenômeno! Um tênis atravessa uma criatura que todos chamam de fantasma, e um jato *laser* se perde em seu interior...

- Mas por que isso acontece?

- Não sei - gaguejou Anjão, embaraçado. - Acho que ninguém ia conseguir explicar. Pelo menos não ainda. Talvez porque o raio *laser* viaje à velocidade da luz e o tênis, bilhões de vezes mais devagar. Ou pode ser outra coisa. Seria talvez como chutar uma bola na boca de um buraco negro. Provavelmente, quando atravessasse o horizonte de eventos, ia sumir. Se isso ia mesmo acontecer, ou para onde a bola iria, bem, isso ninguém garante. Pode até ser que vá para outro universo. Como é que a gente vai saber, se nem se provou ainda que os buracos negros sejam o que a gente acha que são? Nem se tem certeza se existem... Enfim, a gente não pode provar que o universo em que vivemos é um entre múltiplos universos, que é a Teoria dos Muitos Mundos, mas pode mostrar que é possível que seja assim. E isso é ciência da mais avançada!

- Sei não - disparou Prisca. - Tô começando a achar que é mais fácil acreditar que o Sir Simon aqui é mesmo um fantasma.

- Fiquei zonzo! E tô com fome! - reclamou Deco.

- Eu acredito no Anjão! - declarou Manouk, decidida.

- Ai, ai - gemeu Sir Simon.

- E acredito também em Sir Simon quando ele diz que é um fantasma - apressou-se a emendar a garota.

- Mas como pode? Ou uma coisa ou outra! - cobrou Deco.

- Não. Eu fico na incerteza! - disse sorrindo Manouk.

Com ar de pouco convencidos, Prisca e Deco olharam para os amigos. Manouk chegou junto de Anjão, recostando-se no braço dele, e o garoto lançou-lhe um olhar agradecido. Já Sir Simon agitou-se no ar e, depois de instantes de silêncio em que cada Achudo tentava se entender com sua confusão de pensamentos, foi ele quem primeiro conseguiu falar:

- Muito bem. É prazeroso ver que, de um modo ou de outro, todos saíram com algo desta aventura. Menos eu! Sir Simon de Canterville tem saudades da vida. Foi o que descobri. E o que me resta, se não suportar essa saudade para sempre?

- Sir Simon - disse Manouk, tentando segurá-lo pelo braço. Mas sua mão escapou, atravessando a névoa. O fantasma abriu um sorriso triste.

- É isso que eu sou... Uma imagem que se atravessa. Tudo o mais foi e é ilusão. E saudades de quando eu podia receber um abraço de verdade. Eu parto agora, Achudos!

- Para onde o senhor vai? - perguntou Manouk, aflita.

Já se desfazendo no ar, a voz de Sir Simon ecoou melancólica nas paredes, no teto e no piso do vestíbulo:

- Cada qual sofrerá com seu próprio Hades! Cada qual sofrerá seu próprio terror! Adeus para sempre!

{17} AÍ VEM O SOL!

"Here comes the sun, here comes the sun... And I say it's all right..." Quando os Achudos pularam o muro da propriedade Ótis, de volta para o mundo vivente - ou melhor, retornando à antiga vila onde, no começo da madrugada do dia anterior, haviam iniciado esta aventura - sei que em pensamento Prisca já refazia seu filme, agora sem mim em cena. E que a sequência final seria um número musical em que, em meio ao cemitério, os Achudos cantariam o sucesso dos Beatles, "Here comes the sun", e terminariam todos dançando e entrando na cripta.

Bem, seria um terror diferente. Mas o nascer do dia e o retorno do Sol são uma referência ancestral para o final das histórias do gênero. Quando acabam bem, naturalmente. E foi este o caso.

Prisca chegou em casa a tempo de surpreender seus pais quando tomavam o café da manhã. Não a esperavam, e ela abriu a porta de repente, já amargando a volta às brigas e discussões de rotina. Mas, em vez disso, pegou no flagrante o pai ajoelhado diante da esposa, mãe da nossa Achuda cineasta, bem no meio da cozinha, de cuecas, gritando: "Juro que quero ficar com essa mulher até que o planeta Terra exploda e vire um anel de caquinhos em torno do Sol!". Que peculiar, como declaração de amor. Anote-se que a mãe estava menos vestida que o pai.

Os Achudos ainda não sabem, mas a próxima aventura deles será no sítio dos pais de Deco. Vai ser um caso muito, muito estranho... Meio assustador; meio intrigante. Portanto, suas aventuras continuarão!

Ah, o que mais? Os pais de Manouk estavam de fato namorando, escondidos da filha. Mas logo esse segredo lhe será revelado. E Anjão vai descobrir uns tantos segredos também, mas sobre seu antepassado, o Nêgo Marrento. Aguardem!

Ou nada disso acontecerá. Quem sabe? Quem pode prever? Posso estar mentindo, apesar de não ser dado a isso. Cabe a vocês decidirem.

Como disse o garoto *nerd* (Rá! Como veem, estou atualizando meu vocabulário!), tudo reside na incerteza. São possibilidades!

Assim como é uma possibilidade que eu retorne, apesar de minha dramática despedida. Não será a primeira vez que não consigo me afastar deste mundo. É um belo mundo. Sim, Manouk tinha razão. Gosto da vida! Tanto que insisto em assombrá-la!

Brincadeira.

Juro que nenhum de vocês vai me encontrar no seu quarto, de madrugada, pairando na escuridão, logo acima de sua cama, observando os pesadelos de vocês... Deliciando-me com eles... Ou talvez os dirigindo, como Prisca faz com seus filmes.

Não, isso não acontecerá. Palavra de honra!

Bem, é a contragosto que me afasto, mas parece que nada tenho a acrescentar por ora. Assim, encerro aqui este episódio de minhas memórias.

Buuuu!

Sir Simon de Canterville

Arquivo do autor

LUIZ ANTONIO AGUIAR

Escritor com trânsito livre em catacumbas, masmorras e labirintos, recebeu prêmios no Brasil e no exterior. Mestre em Literatura pela Pontifícia Universidade Católica do Rio de Janeiro (PUC-Rio) e professor dos cursos de qualificação em Literatura para professores de sala de leitura, promovido pela Secretaria Municipal de Educação do Rio de Janeiro, em conjunto com a Fundação Nacional do Livro Infantil e Juvenil (FNLIJ).

Assombrações, monstros, sugadores de sangue e criaturas de outros mundos manifestam-se, cada qual ao seu modo, em suas aulas, palestras, oficinas, bate-papos com a garotada e apresentações em feiras de livros e eventos do mercado literário. Seu *site* assombrado é o www.luizantonio.com.br.

Compartilha de um feitiço único no mundo com sua mulher, Marisa, e seus netos, Vicente e Olívia. Bom *de* e *na* cozinha, tem tendências lobisômicas à irrealidade transcendente.

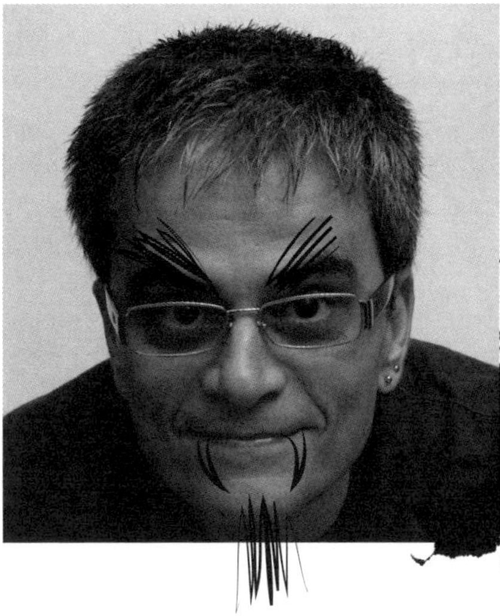

Adriana Lins

GUTO LINS

No castelo de Guto Lins, tintas escorrem pelas paredes e ele sai sem nenhum respingo. Guto trabalha como um zumbi e aponta suas garras e seus pincéis para vários alvos, misturando tudo em seu caldeirão. Autor, ilustrador e *designer* gráfico premiado, é professor da Pontifícia Universidade Católica do Rio de Janeiro (PUC-Rio) onde incentiva seus discípulos a darem o sangue e a alma sem perder a cabeça.

Adora bibliotecas infestadas de livros e histórias. Em diversas ocasiões, sai das profundezas para participar de encontros e eventos tribais, oferecendo oficinas e palestras em feiras literárias.

É casado há várias vidas com Adriana Lins e pai de duas criaturas: João e Antonio.

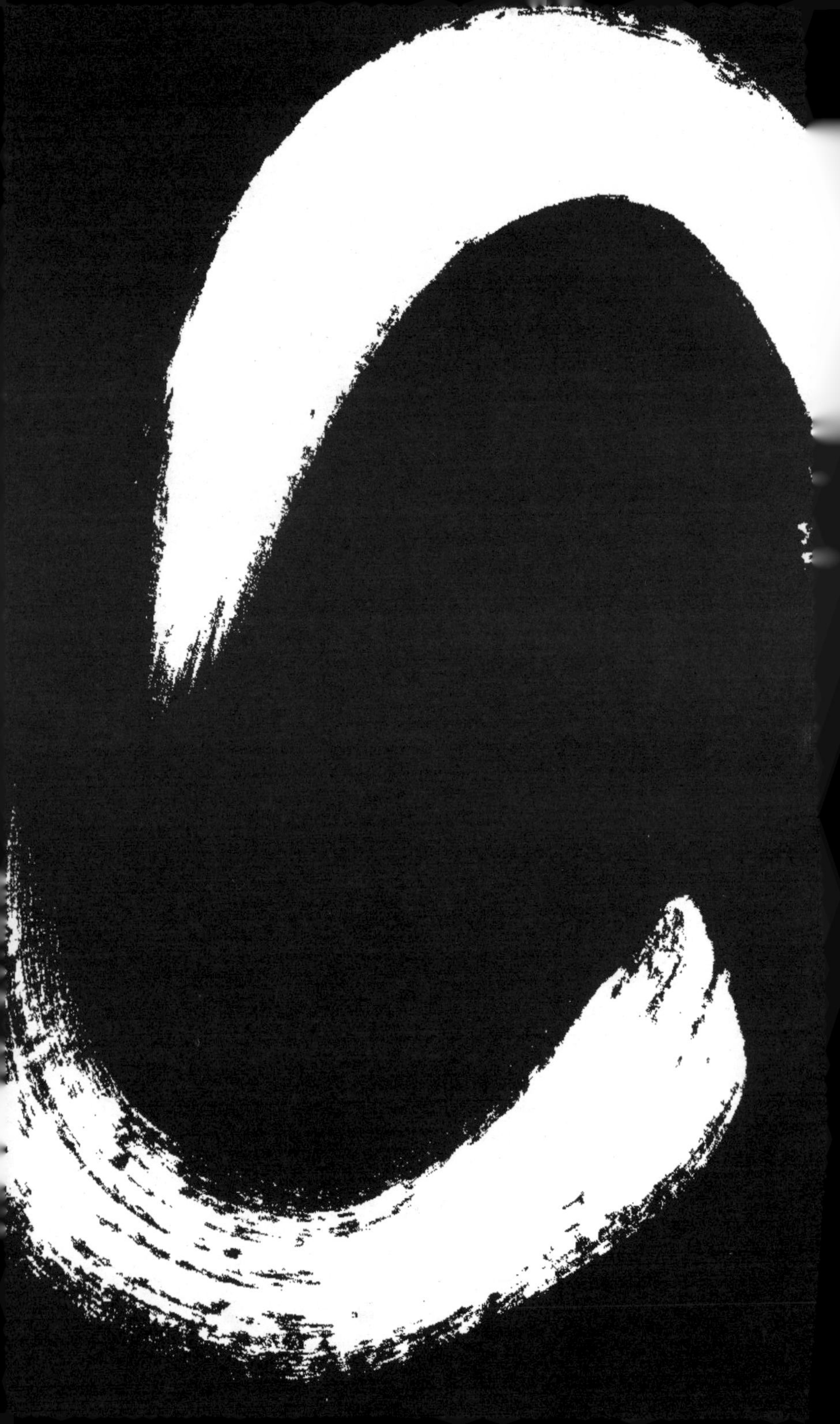